顾爷爷讲中国民间故事

（辽金宋元）

顾希佳 编写

目 录

杀丐遗刀············1
大将杨无敌··········4
范仲淹写碑铭········10
家产风波············13
神偷赵正············19
高手怪塑············24
孙家九姑娘··········27

泥马渡康王··········32
侠妇人··············37
太原意娘············43
罗汉剃头············48
鱼篮观音············51
磨刀劝妻············56
碾玉观音············61

白娘子……68
蓝姐急智……77
十五贯……80
放翁钟情……85
陈亮访稼轩……91
真假叶适……94
嫁金蚕……97

夫妻换鞋……101
桂迁梦悔……106
书生与绿衣人……115
芙蓉屏……120
水井化酒泉……125
张羽煮海……129

杀丐遗刀

宋太祖开宝九年（976年）十月的一个风雪之夜，赵匡胤派人叫弟弟赵光义进宫，兄弟两人一边喝酒，一边商量军国大事，旁边一个人也没有。太监和侍卫人员都在外屋，他们虽然听不见里屋说话声，却看得见烛光里人影闪动，后来又听到有斧子的声音；隔了好久，才见赵光义出来，说皇帝驾崩了，临终前已经把皇位传给了他。于是，赵光义就这样当上了皇帝，史称宋太宗。

后来，不少人以为赵光义谋害了他的哥哥，但又拿不出足够的证据，"烛影斧声"也就成了千古之谜。再说，赵光义已经做上了皇帝，谁还敢在背后议论呢？

他精明能干，一登基，就想着要好好整顿吏治。

这一天，赵光义微服私访，在开封城里四处散步。他东看看，西瞧瞧，忽然听得不远处有人在吵架，人声鼎沸，好不热闹，就走了过去。

到那儿一看，原来是这么回事。有个乞丐，在一家门口讨饭，主人见他可怜，就施舍些钱财给他。谁知道这个乞丐胃口很大，嫌不够，竟赖在门口破口大骂起来，什么难听的话都说得出口，倒成了讨债似的。主人胆小怕事，再三向他作揖道歉，说是手头实在没钱了，求他到别处乞讨。可是那个乞丐却蛮横无理，非要继续敲诈勒索不可。这时候，旁边看热闹的人围得水泄不通，就是没有一个人敢挺身而出。

突然，人群中挤出一个人来，二话没说，拔出刀就朝那个乞丐刺去。乞丐冷不防挨这一刀，连还手都来不及，就当场鲜血直流，倒地身亡。再说那人见自己杀死了人，丢下刀就挤出了人群，一眨眼工夫就不见了踪影。围观的人一时惊慌，竟连那人的面貌都没看清楚。

这时候，天色已近黄昏，偌大一个开封城，到哪里去抓这个凶手呢？

第二天，官吏逐级上报，终于报告到了太宗皇帝那里。太宗勃然大怒："这个凶手好大的胆子，竟敢在光天化日之下，跑到帝都杀人，这还了得！你们这么多官员都是干什么吃的？这种小案子都破不了，还当什么官！非得给我把凶手抓住不可！"

皇帝发话了，谁还敢怠慢！开封府尹一马当先，立即下令部下严加搜捕，不得有误。一时间，开封城里鸡飞狗跳，人心惶惶，折腾了好几天，最后终于算是有了结果。

怎么回事呢？据说是那家主人实在忍无可忍，才拔出刀来把乞丐杀死的。这么说起来，倒也合情合理。凶手一招供，白纸黑字，记录在案，开封府干脆利落地把这个凶手关进大牢，并且备案上奏太宗皇帝。

宋太宗高兴地说："爱卿办事干练，几天工夫就破了案，不错！只是人命案子，事关重大，还是让朕亲自复核一下为好。你去把凶器提来，朕要亲自过目。"

开封府尹吓了一跳，皇帝要亲自过目，自然不敢有丝毫差错，从金銮殿里出来后，他又把这个案子从头到尾细细核了一遍，直到自以为没有半点破绽的时候，才又进宫启奏，恭恭敬敬地送上了审案的全部卷宗和口供，同时把当时杀人的那把刀也呈了上去。

宋太宗问："审清楚了吗？"

开封府尹回答说："审清楚了，丝毫不差。"

宋太宗忽然又问："刀鞘呢？"

什么？刀鞘！这倒没有想到。是呀，杀人的刀在现场，早就成了物证。那么刀鞘在哪里呢？按说应该在凶手身上。可是，这凶手身上根本没有刀鞘。这可如何是好？

开封府尹急得冷汗直冒，宋太宗却胸有成竹地回过头去对边上的小太监说："去，把我的刀鞘拿来。"

小太监奉命入内，捧出一柄刀鞘。

宋太宗当着文武百官的面，把那杀人凶器插入了这个刀鞘中，竟然丝毫不差。这可把大家都吓坏了。明眼人一看便知，原来那个乞丐是皇帝杀的，说明开封府尹在冤枉人！到这时，宋太宗再也忍不住了，噌的一声，拂袖而起，冷若冰霜地对开封府尹说："像你这样办案，难道还不会冤枉好人吗？"

消息传出，天下的官吏个个不寒而栗，办起案子来都小心谨慎多了。

【故事来源】

据宋朝蔡绦《铁围山丛谈》卷一译写。

大将杨无敌

北宋初年，有个赫赫有名的大将杨业，是陕西麟州（今陕西神木以北地区）人，年轻时就豪放旷达，很有侠士风度。平日射猎打围，每次打到的禽兽都要比同伴们多好几倍，可是他毫不吝啬，常常拿来分给大家。他曾经对别人说："以后我要是当了大将，指挥千军万马迎战敌军，我也要像老鹰抓野鸡、猎狗追兔子一样，得心应手。"后来他在北汉（五代十国之一）做官，屡立战功，一直升到建雄军节度使，人称"杨无敌"。

宋太宗削平北汉后，收降了杨业，并封他为大将军。没过多久，就提升他为郑州防御使。杨业很感激宋太宗的知遇之恩，决心报效国家。杨业熟悉边防，后来又被任命为重镇三交（太原北五十里）的军事首长和代州刺史。那时候，辽军进犯雁门关以北，杨业从后面出奇兵袭击辽军，大获全胜。杨业又被晋升为云州（今山西大同）观察使。

雍熙年间，宋太宗任命潘美为元帅，杨业为副帅，由王侁（shēn）、刘文裕监察军务，率师北伐。起初，宋军连续攻克云、应、寰（huán）、朔四州，在桑干河边安营扎寨。后来，宋军在岐沟关打了一次败仗，不得不撤兵南回，朝廷命令潘美率士兵护送四州的百姓迁入内地。这时，辽国皇太后萧氏派三员大将率领十多万大军一举攻陷寰州，气焰十分嚣张。下一步该怎么部署，宋军将领内部发生了分歧。

杨业对大家说："现在辽军的气焰很盛，我们不宜跟他们正面交锋。朝廷让我们护送四州百姓内迁，我们得想办法把这件事做好。先派人通知云州、朔州驻军，立即让云州百姓先撤出来。我们的部队在应州安营扎寨，辽军一定会倾巢出动，跟我们决战。我们正好利用这个时机，让朔州的官员和百姓迅速转移，进入石碣谷，派千名弓弩手在谷口警戒，派骑兵在沿途接应，这样云、应、朔三州的百姓就可以安全南迁，万无一失了。"

应该说，这个方案是切实可行的。可是王侁却强烈反对，说："宋军有精兵好几万，为什么要躲躲闪闪的，丢尽了大宋的脸面？依我之见，只管沿着雁门关外的大道，大张旗鼓地朝马邑方向前进好了，辽军有什么可怕的！"王侁一说，刘文裕也表示赞同。

杨业还是坚持自己的主张，斩钉截铁地说："不行，照你们的方案，肯定要吃败仗。"

王侁恼羞成怒，心想：我是皇帝派来监察军务的，你敢不听！他有意要刺杨业一下，说道："杨大人一向号称'无敌'，如今却躲躲闪闪就是不肯跟辽军交锋，莫非另有打算？"

这一刺可不得了。要知道杨业是降将，最怕人家说他有二心。现在说话听声，锣鼓听音，王侁话中有话，谁还听不出来？杨业当即流下了眼泪，痛心疾首地对他们说："我并不吝惜这条老命，只是觉得还没到这个时候罢了。当将领的指挥失误，不光自己送死，还会让千百士兵也跟着白白送死。此中利害得失，不知道你们想过没有？现在既然话已经说到这个份儿上，我就为诸位大人先去死了吧！"说罢，便率领亲随的几百名骑兵直奔朔州而去。

出发之前，杨业老泪纵横，去跟主帅潘美辞别，说道："我原先是北汉的降将，要死，早就该死了。太宗皇帝不杀我，反倒赐给我高官，让我执掌兵权，我只想杀敌立功，报答陛下，怎么会临阵退却、图谋不轨呢？既然诸位大人责备我避敌不战，就让我先死在敌人手里吧。"说到这里，他又举起马鞭，指着陈家谷口，对潘美说："请大人切记，在这里布置大队步兵埋伏，左右两翼安排强弩手作为接应，我去出击，把辽军引到这里，然后请大人指挥步兵出其不意地袭击辽军，或许可以转败为胜。如果这一仗再打不好，我们就要全军覆没啦。"

潘美认为杨业的部署有道理，就采纳了他的意见，和王侁一起屯兵谷口，单等杨业把辽军引过来。

从清早一直等到中午，还不见辽军的踪影，王侁等得有些烦躁起来，就叫人登上巡逻台瞭望，还是看不出眉目。王侁有些沉不住气了，以为杨业早把辽军打败，又立了大功。他想跟杨业争功，就率领大军离开陈家谷口，沿灰河向西南行进。潘美再三阻拦，王侁就是不听。走了二十里光景，探子报告，说杨业战败，正朝陈家谷口溃退。他们看看这个局势，知道自己也无法抵挡，就索性带着兵士逃走。

再说杨业，在黄昏时分到达陈家谷口，不见宋军伏兵出击，知道败局已经无法挽回，忍不住捶胸大哭，只好再一次率领手下士兵，回过头去跟辽军拼杀，直杀得天昏地暗，鬼哭狼嚎，杨业身上负伤十多处，他还是奋战不止。

杨业对待部下一向十分宽厚，到了危急关头，士兵们自然英勇拼杀，谁也不肯离开他，直到最后，还有一百多个士兵在他身边，殊死搏斗。杨业对他们说："你们都有父母和妻子，别跟我死在一起啦。倒不如大家朝四下里散开，或许还有人可以活命，把今天的情况如实报告给天子。"可是士兵们舍不得离开他，哭着说："要死，大家就死在一起！"许多人就这样壮烈牺牲了。杨业的大儿子杨延玉也在这时候牺牲了。

杨业挥舞大刀，左砍右杀，亲手杀伤了几百个辽兵之后，终因寡不敌众，被辽兵俘虏了。杨业长叹一声，慷慨激昂地说："皇帝对我深情厚谊，我被奸臣逼迫，才打了这个败仗，怎能苟且偷生呢！"他不吃不喝，绝食三天，最终壮烈牺牲。

听到杨业的死讯，百姓们号啕大哭，为他喊冤叫屈。这事终于传到宋太宗的耳朵里，一查，果然如此。宋太宗大怒，将王侁、刘文裕两人削职查办，发配服役，将潘美连降三级；追赠杨业太尉大同军节度使，赐杨家布帛千匹、粟千石，对杨业的另外五个儿子全都封官，委以重任。

杨业的第六个儿子杨延朗，作战勇猛，后来做了边防大将，改名杨延昭，威震四方，赫赫有名，辽国的将士对他都十分敬畏。

【故事来源】

据宋朝宋庠(xiáng)《杨文公谈苑》译写。这是有关杨家将故事的最早典籍记载。

 范仲淹写碑铭

范仲淹是宋代著名文人,他在《岳阳楼记》里的名句"先天下之忧而忧,后天下之乐而乐",代代传诵。他为人刚正不阿,不畏权势,留下了不少佳话。

据说范仲淹在庆州(今甘肃庆阳一带)做官时,有人请他替一个已经死去的人写碑铭,他答应了。历来碑铭字数不多,但必须如实评价一个人的一生功过,所以字字都得认真推敲,仔细斟酌。范仲淹了解到死者生前蒙受冤屈,决心在碑铭中如实说明真相,为他正名。但这样一来,就势必要揭露一个大官的隐私。

这时候,那个大官已经死去多年了,不过他的势力还着实大着呢。听说范仲淹写碑铭要牵涉到他,许多人转弯抹角地来劝说,希望范仲淹笔下留情。谁知道范仲淹是个出了名的犟(jiàng)头颈,坚持一个字也不改。

这天夜里,范仲淹做了个怪梦,梦见那个大官来找他,委婉地对他说:"你写的那件事,确实是有的。不过,我们两个当事人如今都死了,又没有别人知道底细。今天你要是写进碑铭,岂不全都暴露了?多不好!请你看在我的老面子上,改一改吧。"

范仲淹还是不通融,冷冰冰地说:"我把你的事隐瞒了,那个人就要担一个恶名声,永远洗刷不清,这太不公平了。丁是丁,卯

是卯。我不会见风使舵，也不愿意吹牛拍马，碑铭是断然不改的。"

那个大官发火了，恶狠狠地说："你不肯改碑铭，我就要你大儿子的命！"

范仲淹不动声色地说："生死不能强求，你看着办吧。"说到这里，范仲淹的梦也醒了。他越想越冒火，坚持不改碑铭。几天之后，他的大儿子纯佑果真生病死了。

过了几天，范仲淹又梦见那个大官来找他。这次，那人的气焰十分嚣张，没有半句客套话，一见面就气势汹汹地威胁他："你到底改还是不改？再不改，我还要害死你一个儿子！"

范仲淹强按怒气，还是那句老话："生死不能强求，你就看着办吧！"

说完话，梦又醒了。几天之后，范仲淹的二儿子纯仁果真也生起病来。周围的人听说范仲淹接连做了两个怪梦，联系到他家最近的变故，都害怕起来，纷纷前来劝他通融通融，好汉不吃眼前亏，还是把碑铭改一改的好。范仲淹却还是那几句话，宁可一家人死光，也不改碑铭。

僵持了几天之后，范仲淹又梦见了那个大官。这回，那大官的态度明显软了下来，一见面就称赞范仲淹为人正直，品德高尚，好话说了一大堆，到头来才吞吞吐吐地说："说实话，你的大儿子本来就是要死的，因为他已病入膏肓，我也没本事救他的命。不过，今天你如果能帮我这个忙，改一改碑铭上的字句，我一定有办法使你的纯仁平安无事的。这事你知我知，天知地知，你何必这么固执？"

范仲淹还是摇摇头，斩钉截铁地说："一字不改！"

说完这句话，范仲淹的梦又醒了。

过了几天，范仲淹的二儿子纯仁的病竟痊愈了，而那个碑铭始终没有改动一个字。

【故事来源】

据宋朝刘斧《青琐高议》后集卷二《直笔〈不以异梦改碑铭〉》译写。又见《随园随笔》引《画墁(màn)录》，说法稍有歧异。

家产风波

自古至今，天底下也不知道发生过多少家产风波。一户人家有几个子女，子女一天天大起来，要结婚、生儿育女；老人要老，终归会死。于是，就要从大家里分小家，一分家，就会争夺家产。原来都是一家人，骨肉相连，一旦争夺家产，往往会变得翻脸不认人，甚至大打出手，闹到公堂上去。今天就说说这样的故事。

开封这个地方有个姓张的老头，妻子早死了，只有一个女儿，招了个女婿。日子一长，女婿想独吞张老头的家产，老头有点寒心，就又去娶了个老婆做偏房，想传宗接代，生个儿子出来。结婚不久，偏房果然生了个儿子，取名张一飞。大家都叫他张一郎。

过了没几年，张老头得了重病，临死的时候立下一份遗嘱，交给女婿，上面写道："张一，非我子也，家财尽与我婿，外人不得争夺。"却说当年写文章没有标点，全凭读的人来断句。女婿一读，蛮称心，以为家产可以全归自己所有了，就把遗嘱收藏了起来。

其实呢，张老头的这份遗嘱是有讲究的，他对妻子说："这遗嘱一式两份，也给你留一份。儿子还小，你又是个女人，一时三刻斗不过他们，只好把家产先交给女婿照管。等儿子长大，你们到公堂上去说理，倘若遇到清官大老爷，他自会明白的。"后来，张一飞长大了，他的母亲跟他这么一说，娘儿俩就拿着遗嘱去找当官的。谁知道一连找了几个当官的，都说这遗嘱上白纸黑字写得分明，家产都给了女婿，你们有啥好争的？他们不服，继续上告。后来遇到一个清官，他翻来覆去推敲这份遗嘱，终于恍然大悟，便把张老头的女婿也叫了来，在公堂之上当众宣判，说是张老头聪明，这份遗嘱写得妙。他把遗嘱又读了一遍，在断句的时候变了变，于是，这份遗嘱就变成另外一个意思了：

张一非，我子也。家财尽与。我婿外人，不得争夺。

做官的对女婿说："你丈人死的时候，你的小舅子还小，他才故意这么做的，把'飞'字写成了'非'字。现在张一飞长大了，你当然应该把家产还给他。"这么一说，人人口服心服，这场家产风波才算平息。

这个清官大老爷是谁？有人说是包龙图包青天。说起包公，他倒是做过开封府尹，经过他手断的案子，不知有多少，其中有一桩家产纠纷，也很有意思。

在开封府西门外不远的义定坊，有刘家兄弟俩，都已经娶了老婆，却还没有分家。老大没儿子，老婆带来了一个女儿，后来招了个上门女婿；老二呢，倒是生了个儿子，名叫安住，这年才三岁。

这一年，河南大旱，开封颗粒无收。官府下令，要百姓分房减口，分出一半人到别的地方种地。刘家兄弟俩商量后的决定是，老二夫妻俩带着儿子去山西。

临走的时候，兄弟俩请来地方上的社长做证，当场立下两份合同文书，文书里写得一清二楚，说是家中田地、房屋等所有家产，尚未分过，兄弟两人共同所有。合同一式两份，兄弟俩一人一份。老二全家就这样离开了家乡开封。

却说刘家老二夫妻俩到了山西潞（lù）州高平市，租了当地张员外家的房子住了下来。那一年，山西是个好年成，无论种地还是做买卖，都不错。张员外为人也厚道，他们就想在那里一直住下去。但是，刚过半年，麻烦就来了：老二夫妻俩一不小心，染上了时疫，一病不起；先是妻子死了，过几天，刘老二看看也不行了。他只好眼泪汪汪地拿出这张合同文书，连同自己那个才三岁的儿子安住，一并托付给了张员外。他把当初离开家乡的情况一五一十说了一遍，求张员外照顾安住，等安住长大成人之后，再把这份文书交给他，让他回开封继承家产，并把他父母的遗骨运回故土，埋入祖坟。张员外满口答应，当即收下文书，并劝他安心养病。可到了当天夜里，刘老二两腿一伸，离开了人世。

张员外是个大好人，说话算话，为刘老二夫妻俩办了丧事之后，就把安住当作自己儿子一样精心照顾，送他上学堂，每年清明节带他到父母坟上去烧香叩头。一晃十五年过去了，刘安住长大成人。张员外这才把他亲生爹妈的事原原本本告诉了他，又拿出他爹临死时交代的那份文书，对他说："你爹的那份家产，你不要也罢；你跟我们生活了十五年，我们也离不开你。只是你爹娘的尸骨要运回故土，这是他们的遗愿，你非得办妥了不可。"

刘安住眼泪汪汪地收下文书，第二天又起出了爹娘的遗骨，打了个包裹背着，告别张员外，便回开封去了。

到了开封，一路打听，终于到了刘老大家。这天，刘老大正好出门去了，刘安住上前打听，恰好问到正站在大门口的伯母。他伯母老奸巨猾，听完刘安住的介绍后，开口就问："噢，你是刘安住，那你爹娘呢？"

刘安住说："我爹娘十五年前死在山西了。"

"那你手里有文书吗？"

"有的，有的，我带来了。"

"我就是你伯母，你有文书就好办，拿出来让我去对一对，对得上，就接你进去。"

刘安住是个老实人，当场拿出文书给了伯母。谁知道这女人居心不良，想独吞这份家产，拿走这份文书后，就偷偷藏了起来，再也不认账了。

刘安住在门口等了老半天，却不见伯母出来，又不敢进去问，只好在门口等。正好刘老大回来，一问是自己的侄儿，就把他领了进去。刘老大问老婆："侄儿到了，为啥不让他进门？"老婆却说："分手时才三岁，现在十五年都过去了，谁知道这个人是真是假？现今世上骗子很多，弄不好还是个假冒的呢。"刘安住急了，说有一份文书可以做证，已经交给她了。那老太婆却死活说没有看见，一口咬定刘安住是骗子。刘安住有口难辩，说："我也不要家产了，只求让我把父母的遗骨葬进祖坟，了却一桩心愿，我还是要回山西去的。"谁知那老太婆恼羞成怒，索性把他当成上门乞讨的无赖，举起棍棒，劈头盖脸就打过去，把刘安住打得头破血流，并把他推出大门，关门落闩，死不认账。刘老大在一边，弄得稀里糊涂，想想老婆也有道理，自己的亲兄弟早死了，谁知道此人是真是假，所以不敢阻拦。

刘安住被赶出大门，举目无亲，又有口难辩，只好对着爹娘的遗骨号啕大哭。这时过来一个老人，正是当年替刘家两兄弟做中人的社长。社长一听，也为刘安住鸣不平，想帮他去交涉。刘老大的老婆还是不肯让步，口口声声说安住是骗子。

社长没办法，只好拉着刘安住上开封府告状。开封府尹不是别人，正是赫赫有名的包公。

包公接过状纸，先问刘安住，文书上的文字你还记得吗？刘安住一五一十地背了出来。社长在边上也证明，当年立文书，的确是这么一段话。包公又传刘老大夫妻，一问，他们也是这么几句话。不过包公心中已有几分明白，只是文书在刘老大老婆手里，没有证据，一时不好定案，只好下令把刘安住收进监牢，让刘老大夫妻先回去。

等刘老大夫妻一走，包公立即派人到山西去传张员外到开封府。张员外一到，说的和刘安住一样，包公心里就更有数了，说明这份文书确实是有的：中人是社长，他亲眼见过，这不用说；张员外也是见过的，他从刘老二手里接过来，藏了十五年，前不久才交给刘安住的；这就证明刘安住并没有骗人。

于是，包公又传刘老大夫妻上堂，要他们跟刘安住对质。谁知道衙役上堂禀报，说是刘安住因为被刘老大的老婆打伤，伤势发作，今天一早死了。

包公一听，脸孔一板，就对刘老大夫妻俩说："出了人命案，事情就不好办了。人是你们打的，你们逃脱不了责任。按照律条，你们要是打了不相干的人，杀人抵命，这是公事公办，我也没法救你们。不过，你们要是自家人，长辈打小辈，一时失手，打重了，叫作误伤子孙，顶多罚点银钱，倒不至于抵命。"

刘老大的老婆一听，早吓昏了，哪里还辨得清东南西北，只是跪倒在地上，连声喊着："老爷饶命，他是小妇人的侄子呀！"

包公又说："有何凭据？"

刘老大的老婆连忙从怀里摸出一张纸来，递了上去，说道："喏喏喏，这是他的文书，可以做证。"

包公又说："一份文书，不足为凭；要有两份对证，才可相信。"

刘老大也急了，连忙从怀里摸出他的那份文书来。

包公接过两份文书，仔细一看，终于放心了，这才对刘老大夫妻说："事情全弄清楚了，等一下可不能再反悔啦。"说罢，吩咐衙役带上刘安住。

刘老大夫妻抬头一看，不觉愣住了。原来刘安住非但没死，连头上的伤都养好了。包公又吩咐传证人张员外和社长两人上堂。现在人证、物证全在，刘老大夫妻吞没家产的阴谋彻底败露，他们受到了应有的惩罚。

【故事来源】

据明朝冯梦龙《智囊补》卷九《察智部·奉使者》、佚名《龙图公案》综合译写。凌濛初《初刻拍案惊奇》卷三十三《张员外义抚螟(míng)蛉子　包龙图智赚合同文》也据此创作而来。

神偷赵正

北宋年间，东京开封有个财主张富，是开当铺的，家财万贯，却是出了名的吝啬鬼。人家说他是虱子背上抽筋，鹭鸶腿上割肉，是一毛不拔的铁公鸡。

这天中午，当铺里两个账房在数钱，门口来了个讨饭的。账房见老板张员外正在里边吃点心，就偷偷给了他两枚小钱。谁知道张员外眼尖，竟然看见，他一边骂，一边追出来，夺过乞丐背上的讨饭袋，将里边的铜钱全倒进了自家的钱堆里。乞丐说："这是我千辛万苦乞讨来的呀，你怎么也要拿去？"张员外不理他，反而吩咐店里人打乞丐。乞丐斗不过，只好站在大街上又哭又骂。

这件事惹恼了边上一个老头，原来他就是郑州大盗宋四公。他从怀里摸出三两银子，让乞丐去做小本生意，乞丐这才欢天喜地地走了。

当天夜里，宋四公闯进张家后院，扔出几只掺了毒药的肉包子，先毒死了两只看家狗；又烧了些安魂香，熏倒了四个看守库房的家人；再拿出一把不论什么锁都能打开的"百事和合"，轻而易举地就进了库房。他专拣值钱的珍珠宝贝拿，打了一个小包，大约值五万贯钱，临走又在墙上题诗一首："宋国逍遥汉，四海尽留名。曾上太平鼎，到处有名声。"然后飞身上墙，出了张家，连夜离开东京，回郑州去了。

第二天天亮，张家发现失窃，当即到开封府告状。开封府滕大尹派出巡捕王遵去侦查，一见墙上四句诗，就知道是首藏头诗，每句第一个字连起来，正是"宋四曾到"，说明是宋四作的案，于是带了一帮公差到郑州去抓人。

再说宋四公知道公差在抓他，就乔装改扮，去寻他的徒弟赵正。说来也巧，正好在半路上遇到了他。

赵正是苏州人，正想到东京去闯荡一番。宋四公听了，连连摇头，说东京有的是强人，去不得。赵正没去过东京，想去见见世面，哪里听得进师父的劝说。宋四公就说："我刚从东京张员外家偷来一包珍珠宝贝，今天夜里垫在枕头下睡觉，你有本事偷得去，你就去东京好了。"赵正一口答应，师徒俩就去找了个客栈，开了房间。赵正陪师父到房里走了一圈，就笑笑走了。

晚上睡觉，宋四公格外小心。只听得梁上老鼠吱吱叫，正要抬头去看，梁上撒下些灰尘来，害得他打了几个喷嚏。不一会儿，老鼠不叫了，又来了两只猫在打闹，浇下一泡尿来，正滴在宋四公嘴里，好臊臭！不知不觉之中，他就睡着了。

天亮醒来，往枕头底下一摸，不觉大吃一惊，那包珠宝果然不见了。宋四公正在发愣，赵正笑嘻嘻地进来，把小包还给了他。宋四公说："门墙都没动，你小子怎么进来的？"赵正细细一说，宋四公这才知道他的本事确实大有长进。昨夜里，赵正舔开窗户纸，用小锯锯断几根窗格子，摸将进来。那老鼠打架，猫儿吵闹，撒灰浇尿，全是他一个人玩的把戏，把师父折腾累了，这才下手。拿了包，原路出去，装上窗格子，贴上窗纸，竟连一点痕迹也没留下，你说神不神？

宋四公没法，只得同意赵正的要求。临行前，宋四公又约了他的大徒弟——赵正的师兄侯兴一同前往。

师徒三人一到东京，又去约了王秀。这王秀，人称病猫儿，也是个有名的梁上君子。四个人一商量，决定先从白府桥下的钱大王府着手。当天夜里三更时分，赵正打了个地洞，到钱大王的库房里偷出三万贯钱，外带一条暗花盘龙羊脂白玉带，有意要惹恼官府，好叫他们知道宋四公师徒的厉害。钱大王发现失窃，果然大怒，当即写了封信给开封府滕大尹。滕大尹就派巡捕马翰去破案。

马翰刚上街，迎面走来一个陌生人，叫着他的名字，便拉他去喝茶。马翰一向敲诈勒索，吃惯了白食，以为又有人来拍马屁，就凸着肚子跟他进了茶坊。谁知道刚喝了一口茶，就觉得有些头晕，那个陌生人笑眯眯地说："我就是你要捉的赵正。"马翰一惊，想动手，哪里还有力气。赵正过来扶住他，说道："大人吃醉了。"一边说，一边摸出一把剪刀，把马翰身上的衣袖剪去了一半，放进袖中，付了茶钱，对茶博士说："我去叫人扶他回去。"然后，就朝外走去。过了好一阵子，马翰醒来，见衣袖被剪去了一半，那人早已不见，哪敢声张，只好灰溜溜地回去了。

回到开封府，滕大尹正找他和王遵商量，马翰、王遵说，赵正是宋四公的徒弟，只要捉住宋四公，就能顺藤摸瓜，抓住赵正。这么一说，滕大尹猛然想起，当铺老板张富失窃的案子也还没破，既然都跟宋四公有牵连，就索性写了一张榜文，悬赏一千贯捉拿宋四公师徒。马翰、王遵拿了榜文又去找钱大王和张员外，要他们再加点赏钱。钱大王当即拿出一千贯；张员外小气，好说歹说，才拿出了五百贯。

榜文一贴出，宋四公也看见了，就去跟赵正他们商量。赵正说:"他们不仁,就别怪我们不义了。他们拿出二千五百贯来买我们几个人的性命,价钱也定得太低了。既然看不起我们,那我们也看不起他们,鹿死谁手,等着瞧吧。"四个人密谋一番,就开始分头行动。

宋四公找到当初在张员外门口遇到的那个乞丐,一番布置,要他到时候去出首。然后让侯兴装扮成太监模样,拿着从钱大王府里偷出来的暗花盘龙羊脂白玉带,到张员外的当铺里去典当。说是临时缺钱,只押三百贯,三天内来赎;如果不赎,当铺只要再拿二百贯,白玉带就归当铺了。张员外一看,这白玉带价值连城,这笔生意太值了,就一时贪财,收下了。

这边张员外刚收下白玉带,那边乞丐就到钱大王府上去告发,说看见张员外买进这根白玉带,出了一千五百两银子。钱大王喜出望外,带了军校到张员外当铺去搜查。一搜,果然搜出了这根白玉带,他好不高兴,当即赏给乞丐一千贯钱,把张员外押送到开封府。

滕大尹一见是张员外,火冒三丈,指着鼻子骂他:"前几天你还来报案,原来你也是窝赃的贼人,真是贼喊捉贼,不知羞耻!"张员外拼命喊冤,滕大尹哪里会相信他,在大堂上先责打三百大板,打得他皮开肉绽。张员外受苦不过,只好认罚,并希望保出去,答应三天之内把同谋交出来。如果交不出,就甘心认罪。滕大尹心里本来也有些疑虑,就把张员外放了。

张员外眼泪汪汪,满心委屈,出了开封府,到一家酒店里坐下歇息。这时,从外面走进一个老人,自称是王保,对张员外说:"你前几天失窃的珍珠宝贝,有着落了,我领你去起赃。"张员外一听,又来了劲儿,心想:"如果能拿回这五万贯钱的珠宝,也抵得过赔钱大王的白玉带了。也罢,东头不着西头着。"于是,他就拉住了王保老头,要他一起到开封府出首。

滕大尹升堂理案,王保却说贼就是巡捕马翰和王遵。滕大尹吓了一跳,却又不敢包庇,只好派出几员干将,领着王保和张员外去抄家。

却说马翰和王遵这几天下乡办案,正忙得脚不点地。公差到了他们家中,老婆孩子吓得瑟瑟发抖,躲在一边不敢动。王保笑嘻嘻在这里一点,公差便搜出一包珍珠,往那里一点,又搜出一包首饰。全是张员外当铺里的东西,丝毫不差。这王保是谁?原来就是王秀装扮的,栽赃岂不容易!公差问赃物从哪里来的?妇道人家哪里知道!公差回去向滕大尹禀告,滕大尹勃然大怒,立即派人去捉拿马翰和王遵。可怜这两个巡捕,平日里耀武扬威,鱼肉百姓,却怎么也想不到竟把自己捉到监牢里去了。这是什么缘故,两人一直也没弄清楚。那张员外呢,也是偷鸡不成蚀把米,虽说追还了自己库房里失窃的珠宝,却全被开封府扣下,说是先赔给钱大王。张员外斗不过官府,又心疼这笔钱财,想来想去想不开,竟解下一根绳腰带,吊死在自家的库房里了。

这件事,闹得东京城里街头巷尾都在议论,神偷赵正的名声也就从此传了开来。过了几个月,各地的瓦舍里就有说书人说起赵正的故事了。

【故事来源】

这个故事最早见于元朝陆显之话本《好儿赵正》,后来经冯梦龙改写,收入《古今小说》卷三十六,题为《宋四公大闹禁魂张》,对后世民间故事产生过较大影响。

高手怪塑

宋朝崇宁年间,江西婺(wù)源县城有一座五侯庙,香火很是兴旺,每天都有许多人进庙烧香。时间一长,大家觉得五侯庙样样都好,就是庙门口光秃秃的,有点煞风景。有人说,在门口塑匹泥马吧。于是,大家一起凑了一笔钱,请来一位泥塑高手,让他在庙门口给塑匹泥马。

却说这位泥塑高手,出身泥塑世家,塑过各种菩萨,至于飞禽走兽、戏曲人物,就更不在话下了。高手一到婺源,刚放下行李,当地一个好事的青年就来找他,兴致勃勃地说:"你知道吗?要说马,我们婺源城里汪大郎家的那匹马才叫棒呢!一色的白鬃,全身上下,甭想找出一根杂毛来,看上去精神抖擞,英俊威武。说起来,汪家的那个小马童也一心一意调养这匹马,按时喂养,按时训练,进进出出,都把马洗刷得干干净净的。听说你是闻名遐迩的泥塑高手,这次塑的马若能跟汪大郎家的那匹马那样精神,那我们就付你双倍酬金,怎么样?"

泥塑师傅走南闯北,什么场面没见过。他眉头一挑,淡淡一笑,胸有成竹地说:"别急,让我试试看吧。"

第二天,他上街买了许多水果、糕饼,找到汪家的马童,送给他吃,表示愿跟他交个朋友。

马童一个人放马，本来也觉得有些寂寞，现在看见有人来，自然非常高兴。一回生，二回熟，两个人慢慢就真成了好朋友。

从此以后，泥塑师傅天天去找马童攀谈，帮他放马，帮他替马洗刷，一边说说笑笑，一边就细细观察马和马童的神情风采。有一次，他索性请马童到酒楼吃了一顿，酒醉饭饱之后，又陪着马童到郊外去蹓马。

一蹓蹓到山背后一个僻静的角落，太阳暖洋洋地晒在身上，马童打了几个哈欠，然后忍不住就趴在一块大石头上睡着了。泥塑师傅一看，机会来了，便拿出纸和笔，用根线去度量马的尺寸，高低大小等一五一十地全都记录下来。眼睛、耳朵、鼻子、嘴巴的形状也都分毫不差地描绘下来，连鬃毛、尾巴这样一些细微的地方也不放过。

画好了马，一看马童还在呼呼大睡，他心中暗暗叫好，干脆又画起了马童。于是他正面画一张，侧面再画一张，越画越起劲儿。等到马童睡醒，他才不动声色地陪他一起回家。

经过这么一番明察暗访，泥塑师傅心中有了谱后，才动手在五侯庙门口塑起泥马来。仅一夜工夫，一匹栩栩如生的马就塑出来了。他不但塑了马，还在马的旁边添上了一个马童。

泥塑塑成了，参观的人络绎不绝，人见人赞，个个都说这泥塑活脱脱就是汪大郎家的马童和白马。

泥塑师傅心里也挺高兴，他塑了一辈子泥塑，还从来没塑出过这么称心如意的作品，所以他特地请人挑了一个大吉大利的好日子，要认认真真地给马童和白马点眼睛。

谁知道就在泥塑师傅点眼睛的一刹那，出了一桩怪事。汪大郎家的那匹白马忽然像发了狂似的朝外面飞奔而去。马童一见，也惊慌失措起来，拔腿就追，追到城南杉木潭，白马收不住脚，一头闯进潭里，挣扎了几下，淹死了。说时迟，那时快，马童紧跟着也跳进了潭水，却也再没有浮上来。

再说五侯庙门口，那个泥塑高手刚刚给马和马童点上眼睛，只觉得一阵头眩，一个趔趄，跌倒在地，口吐鲜血，竟也死了。

从此，五侯庙门口的泥塑也有了灵气。那泥马每天夜里都到湖边去喝水，有时候还会到附近的稻田里去吃庄稼。人们在第二天早晨，总可以在湖岸边和田畈里发现许多零乱的马蹄印。再去看那泥马，在它的嘴巴上还会发现残留的水草或浮萍。顺着泥马走过的路，也常常可以看见散落在地上的稻穗头。

许多年之后，这一带兵荒马乱，五侯庙也不知道被谁烧掉了，这泥马和泥马童也不见了踪影。

【故事来源】

据宋朝洪迈《夷坚丙志》卷十九译写。这位雕塑大师在为他的作品点睛时，居然把他模仿对象的灵魂都给"勾"了过来，实在令人拍案叫绝。相传顾恺之画人，数年不敢点睛；张僧繇(yóu)画龙，一点睛，龙就腾飞上天，成语"画龙点睛"的故事即出自有关他的传说。

孙家九姑娘

北宋末年，京都汴梁城里，有一户人家叫大桶张氏，财大气粗，号称汴京首富，接下来要说的故事就跟大桶张氏这家有关。

却说那时候的财主，常常委托别人去放高利贷，收来的利息，双方对半分。那个帮财主放高利贷的人就叫作"行钱"。当年财主对待行钱，像对待自己的家奴一样，想怎么着就怎么着，行钱不敢有半点违抗。为啥？还不是因为财主有钱，行钱是靠着替财主放高利贷才挣钱的，自然是巴结还来不及呢。财主有时候到行钱的家里去，行钱必定备上好酒好菜款待，请财主坐在上位，让家里的老婆或是女儿出来劝酒，甜言蜜语地说着好话。行钱自己呢，却连坐也不敢坐，哈着腰，站在边上侍候，可怜极了。有时候财主表示客气，让行钱也坐下一起喝酒，行钱会受宠若惊，非得等财主坐稳了，才敢坐那么半个屁股。这个规矩，汴京城里人都知道的。

大桶张氏家里的老一辈都死了，有个独养儿子年纪还轻，已经主持家务了。那一年，他到四川给灌口二郎神进香，回来时正好路过张家的行钱孙助教家，就进去歇歇脚。

孙助教一向小心谨慎，见东家少爷来了，自然不敢怠慢，立时备了好酒好菜款待，还特地叫出自己还没出嫁的九姑娘陪客人喝酒。张家少爷还没娶老婆，一看，这个九姑娘长得花容月貌，楚楚动人，不觉动了心，盯着她看了老半天，冷不丁地冒出一句话："我要娶她做媳妇。"

孙助教在边上听得一清二楚，一颗心不由得怦怦直跳，吞吞吐吐地上前劝说："我是少爷的家奴，家奴怎么可以做东家的老丈人呢？这门亲事实在不妥，左邻右舍要当笑话说的，你说是不是？"

张家少爷一向任性，家里的事再大，也是他一个人说了算。如今他看上了九姑娘，谁敢阻拦？当即一挥手，大大咧咧地说："你说到哪里去了？我不过是请你经管一些钱财罢了，这跟家奴又有什么相干？"说罢，便从自己的手腕上褪下一对古玉手镯，塞进九姑娘的手里，说道："你可要等我呀。我回家去拣一个好日子，就送彩礼来。"这时候，张家少爷酒也喝得差不多了，摇摇晃晃站起身来，一甩衣袖，就走了。

这消息一下子传扬开来，街坊邻居知道了，都来贺喜，说是孙家九姑娘福气好，顷刻之间就要成为百万富翁家的少奶奶啦，到时候可别忘了咱们穷乡亲呀！九姑娘心里也是乐滋滋的，日盼夜盼，等着张家来送彩礼。

谁知道张家少爷根本没把这当回事，他不过是喝醉了酒一时胡说，说过了，就忘到九霄云外去啦。离开孙助教家之后，不到三个月，他就和另外一家财主订了亲。过了一年，那边张家少爷已经把新娘子娶进门了，这边孙家九姑娘却还在痴痴地等着。

九姑娘的母亲劝她："别等啦，张家少爷早已经结了婚，你还等什么？"九姑娘不相信，只是一个劲儿地哭，心想：世上怎么会有这种人，已经订了婚约，又去娶别人家的姑娘？

一天，张少爷陪着新娘子又去进香，回来的时候，孙助教特意把他们夫妻俩请到家里来喝酒，让九姑娘在房里偷看。

客人走了以后，孙助教对女儿说："这回你总看清楚了吧。他已经有了老婆，你也该打定主意，想办法嫁人吧。"

九姑娘闷声不响，回到自己的房里，蒙着被子就睡了。到了该吃晚饭的时候，九姑娘的母亲左呼右唤没人应，掀开被子一看，哎哟不好，姑娘已经死啦。

孙助教夫妻俩悲痛欲绝，抱着九姑娘的尸体大哭了一场。人死不能复生，只好去埋掉。孙助教叫来邻居郑三，请他操办丧事。这个郑三原本就是个仵（wǔ）作，也就是专门替别人送葬的，料理收殓的事得心应手。孙助教说："老规矩，小辈的死了，不必停丧，当天抬出去埋掉算了，省得放在家里让人伤心。"

郑三买来棺材，料理收殓的时候看见九姑娘手上有一对古玉手镯，看起来很值些钱，当时就动了心。他故意对孙助教说："我家有块空地在西城门外边，你要不要？"孙助教正在烦心，一口答应了，而且特地多给郑三一笔钱，作为坟地的报酬。入殓的时候，孙助教夫妻俩泣不成声，不忍再多看女儿一眼，只是一个劲儿地催郑三赶快装殓，然后一路哭哭啼啼，把棺材送到西城门外，落完葬，两人才回来。

郑三心中有鬼，落葬时做了手脚，只是草草掩埋。等到三更半夜，他一个人悄悄地溜到了坟地上。这天晚上，月光很是明亮，照得坟地如同白昼一般。郑三打开棺材，正想去拿那一对古玉手镯，却被吓了一跳。原来孙家九姑娘并没有死，棺材一打开，一股凉风吹来，孙家九姑娘就醒了。她坐了起来，左右环顾一看，自己在野地里；再一看，对面是郑三，这个人自己认识，是隔壁邻居，这才放宽了心，开口问道："咦，我怎么会在这儿的？"

郑三当然不肯说实话，就编了一套谎话骗她："这事还不是你自己惹出来的吗？你老是想着那个姓张的，不肯嫁人，你爹娘恼火了，认为你败坏了孙家门风，就叫我把你活埋了。我想想不忍心，私下挖开坟墓来看看，果然你还活着。哎哟，真是作孽呀！"

九姑娘说："那你还是把我送回家吧。"

郑三双手乱摇："这怎么行？回到家，你还是活不成。再说，我私自开棺，也是死罪一条，你忍心让我去死吗？"

九姑娘左右为难，急得大哭起来。郑三再三劝说，又想出个诡计。他一边把九姑娘藏到一个秘密的地方，一边把坟墓重新做好。过了几天，他去劝九姑娘，说自己也还没娶亲，家中只有一个老娘，倒不如我们两个结成夫妻，搬到别处去住，不就什么事也没有了吗？九姑娘想想，爹娘要活埋自己，想回家也回不成，于是就稀里糊涂地做了郑三的老婆。郑三把家搬到了东城门外，他娘见儿子讨了个漂亮姑娘，整天乐得呵呵笑，全然不问媳妇是怎么来的。

几年过去了，日子过得倒也蛮和顺，只是九姑娘一提起张少爷这件事，心里还是愤愤不平，老说要去跟他面对面说说清楚，问他为啥无缘无故赖婚。郑三总是劝她别惹麻烦，还特别留心她的举动，生怕她闯祸。

宋徽宗崇宁元年（1102年），圣瑞太妃去世，按规定郑三要护送太妃的灵柩到永安去。临走的时候，郑三再三叮嘱他娘，别放媳妇一个人出门。他娘也不知道这中间的利害关系，那天中午她在门口打瞌睡，九姑娘一个人偷偷出了门，租了一匹马，直奔大桶张氏的家里。

到了张家大门口，九姑娘跳下马，对看门的用人说："去告诉你家少爷，就说孙家九姑娘要见他！"

用人进去通报，张家少爷吓了一跳，什么话？孙家九姑娘不是早死了吗？胡说八道！当场把用人骂了一顿。用人不敢辩驳，只好委屈地说："真的是孙家九姑娘要见你。"

张家少爷随着用人出门来看。九姑娘一见张家少爷，积压多年的委屈全涌上心头，一下子扑了上去，拉住张家少爷的衣服又哭又骂。张家少爷一看，果然是九姑娘，心里越发害怕，回身就要逃跑。九姑娘见他要逃，抓得越发紧了。张家少爷挣脱不掉，发急了，就去掰她的手，一用力，把九姑娘的手抓破了，鲜血流出一大摊，九姑娘惨叫，张家少爷又飞起一脚踢过去，九姑娘倒在地上，死了。

租马的人一看出了人命，生怕连累自己，赶紧回去给郑三的娘报信。

郑三的娘不知底细，立时告到官府。官府一查，这案子还挺复杂的，张家少爷把人打死了，自然要进监牢。不过这死者是谁，也得弄清楚：孙家九姑娘不是早就死了吗？她怎么会从坟墓里"跑"出来的呢？于是又把郑三给抓了起来，一审，事情的前因后果终于水落石出。开棺盗尸，按例是要流放的，可碰巧赶上太妃殡殓完毕，朝廷大赦，郑三也被放了出来。

倒是那个张家少爷，从来没吃过这种苦头，起初说他打死了人，要一命抵一命；后来说可以免去死罪，不过被打了几十大板；折腾来折腾去的，经不起惊吓，竟死在了监狱里。

【故事来源】

据宋朝廉布《清尊录》译写。

泥马渡康王

宋高宗赵构的母亲韦后怀孕的时候,宋徽宗做了个梦,梦见五代时的吴越王钱俶(chù)朝拜他,两个人亲亲热热地说了一会儿话。一觉醒来,徽宗感到十分奇怪:吴越王是宋国开朝皇帝宋太祖赵匡胤时候的人,死了不知道多少年了,怎么偏偏这时候到他梦里来呢?后来,赵构出生了,一看,圆头圆脑的,活像个浙江人,宋徽宗仿佛有些明白过来,觉得这第九个儿子大概跟浙江有缘吧。宣和二年(1120年),宋徽宗封赵构为康王,所以历史上又把赵构称为小康王。

那时候,北宋朝廷气数已尽,内外交困,民不聊生。北边的金兵虎视眈眈,随时都要进犯。宋王朝软弱无能,只好年年进贡,小康王作为人质,常年生活在金人的军队里,行动没有一点自由。

一次,金国太子同小康王一起在校场射箭,比试武艺。小康王连发三箭,箭箭射中红心,赢得满场喝彩。这反倒引起了金国太子的怀疑,他心想:"宋朝皇太子生长在深宫之中,从小养尊处优,享尽荣华富贵,根本不可能有这么好的武艺!眼前这个太子肯定是假的。早就听人家说,宋朝人十分狡猾,他们会从皇亲国戚当中挑选一个擅长武艺的年轻人冒充太子来充当人质。我把这个人留在这儿,有什么意思呢?倒不如让他回去,勒令宋朝换个真太子当人质,这更妥当些。"金国太子主意一定,挥挥手,就让小康王回南方去了。

小康王一听,好不高兴,当即悄悄地换上衣服,骑上快马,朝南方逃去。一路上风餐露宿,日夜兼程,到后来,马儿实在跑不动了,他们只好在路边的一座崔府君庙里休息一下,小康王靠在石阶边上睡着了。

睡梦中,他看见一个白胡子老公公,急匆匆走过来对他说:"金兵已经追过来了,你怎么还在这儿磨蹭,快上马吧。"小康王睡眼惺忪,四处找他的马。白胡子老公公又催他说:"马鞍早已备好,正在庙门口等你呢。快走快走,再不走可就来不及了。"小康王一听,睁开眼睛,才知道这是个梦,连忙赶到庙门口,果然看见一匹马正守在门口,他一跃上马,两腿一夹,朝南方疾驰而去。这一天,足足跑了七百里。忽然,前面一条大河横在面前,怎么办?逃命要紧,小康王猛一加鞭,就骑在马上渡了河。

说也奇怪,等过了河,这马立在原地再也不肯前进半步了。小康王好不惊讶,翻身下马,仔细一端详,才发现刚才骑的这匹马竟是泥马。

来到一个村庄,小康王又饥又渴,就向一个老婆婆讨口饭吃。老婆婆让他进屋坐下后,一个人走到门口张望,正好看见有几个金兵骑着马追过来。金兵问她:"有没有一个年轻人打这儿经过?"老婆婆一想:"他们要追赶的这个年轻人不正坐在里面吗?看来这个年轻人有来头,说不定是宋朝朝廷里的大人物呢。"于是,她故意摇摇头,对那几个金兵说:"你们来晚了,他早已过去好几天啦!"这几个金兵一听,懊丧不已,连连用马鞭子敲着自己的马鞍子,说:"可惜!可惜!"于是,他们掉转马头,回去了。

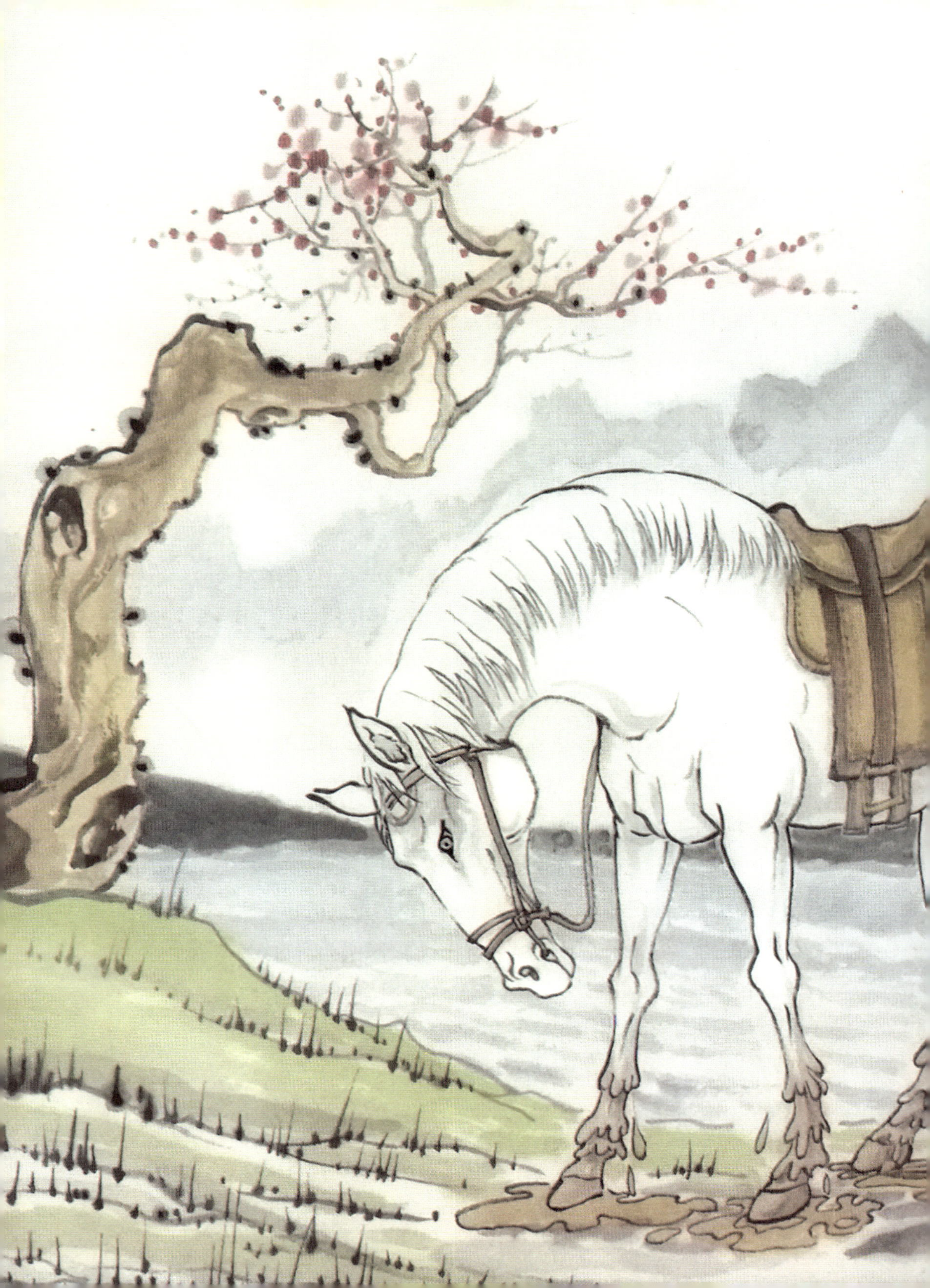

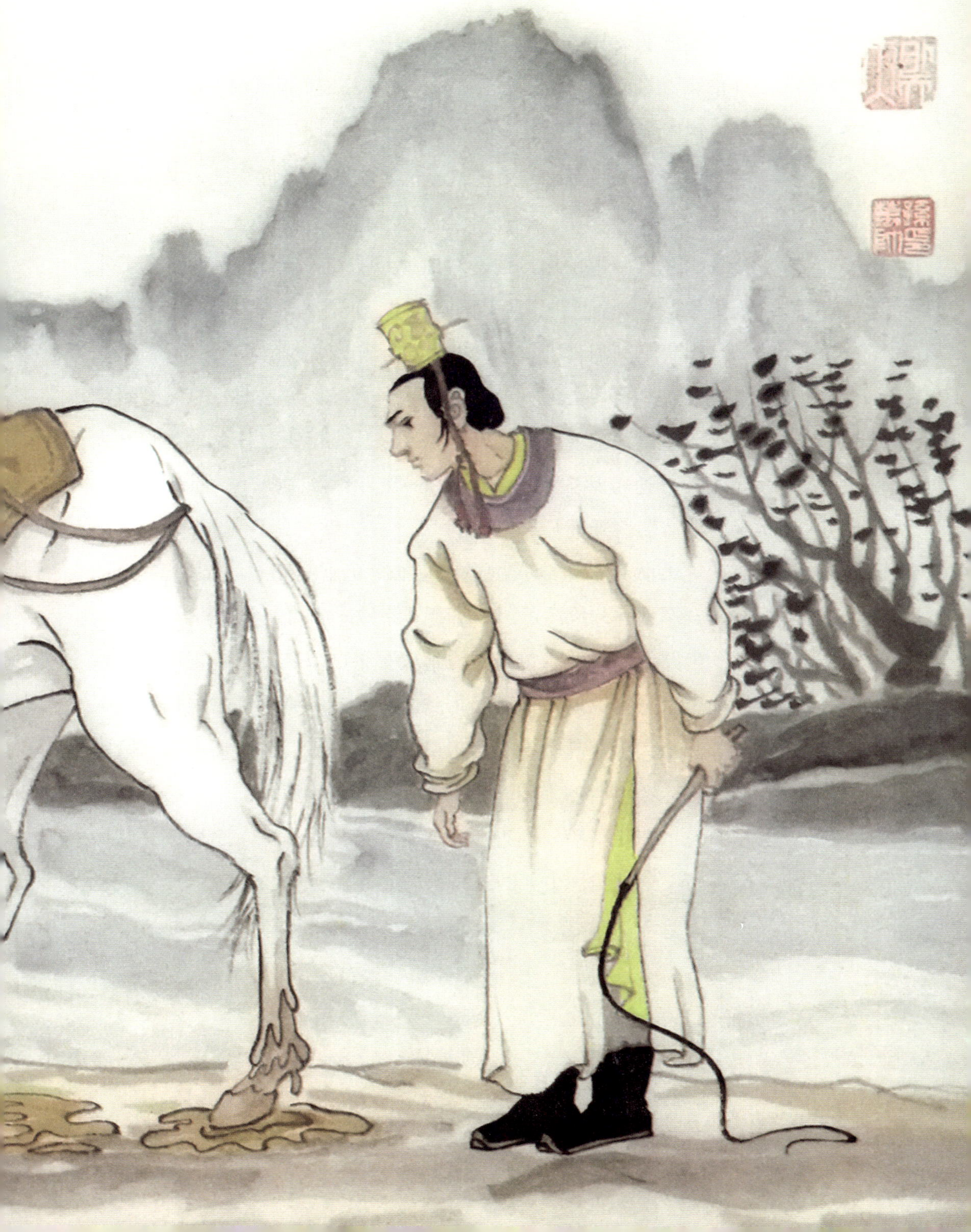

老婆婆这才放了心，进屋对小康王说："我看你绝非普通人，难道是朝廷里的贵人吗？刚才有几个金兵一路追过来，被我一骗，都回去了。"

小康王感激万分，就把自己的真实身份告诉了她，又千叮万嘱，请她保守秘密。老婆婆烧好了饭菜，请小康王饱餐一顿后，又拿出几百两银子送给他，对他说："我是李若水*的娘，李若水为国尽忠，被金兵杀害了。国家大事，现在要靠你挑起重担了！"

小康王洒泪告别了老婆婆，直奔相州（今河南安阳一带），举起勤王大旗，招兵买马，准备跟金兵大打一场。这时，京城开封已经十分危急，宋钦宗派人带了圣旨来找小康王，任命他为兵马大元帅，火速带兵去解救开封。小康王不敢怠慢，立即从相州发兵，浩浩荡荡开赴开封。

等大队兵马来到黄河边的时候，正值一夜大风雪，黄河冰封，全军欢呼，抢渡黄河，直奔开封城。

半路上，有消息传来，说是金军早已攻破开封，把徽宗、钦宗两个皇帝都俘虏了，已经押到北方。北宋王朝到这时候彻底灭亡。几个大臣从乱军中逃出来，拜见小康王，随身还带来了徽宗皇帝和元祐皇后的手诏。小康王知道恢复宋王朝的责任已经落到了自己的肩上，就不再北上，到南京（今河南商丘）之后，登基做了皇帝。这就是历史上的宋高宗。

【故事来源】

据元朝佚名《湖海新闻夷坚续志》前集卷一译写。"泥马渡康王"的传说一直流传至今。

李若水
北宋吏部侍郎，随宋钦宗到金营，金军逼钦宗改换服装，他大骂金帅，遂被杀。

侠妇人

饶州德兴（今江西鄱阳湖东）这个地方有个名叫董国庆的读书人，在宋徽宗宣和六年（1124年）考中了进士，朝廷派他到莱州胶水县（今山东平度）做主簿(bù)*，负责文书、钱粮方面的事务。

那个时候，金兵大举南侵，天下大乱，中原大片国土都沦陷了。董国庆家里人都还留在饶州，只有他一人在莱州做官，这一打仗，他就和家里人断绝了音信。金兵打过来之后，这个主簿自然是做不成了，他东躲西藏，好不狼狈，后来总算在一个偏僻的小镇上住了下来。

镇上有家客栈的老板和董国庆很说得来，兵荒马乱，看他这个南方来的读书人一个人孤苦伶仃的，生活料理不好，很是同情，就给他做了个媒，在当地帮他找了个姑娘。两人草草地结为了夫妻，相互有了个照应。

这个姑娘长得很漂亮，又很体贴，结婚之后，总是想方设法地照顾丈夫。她见董国庆手头拮据，身边带的银子快花完了，正为生活发愁时，就十分慷慨地对董国庆说："你不必担心，家里的事包在我身上好了。"她把自己家里的钱财全拿了出来，买了七八头驴子，开起了磨坊。磨出来的面粉，总是由她带到城里去卖，卖了钱就带回家。她克勤克俭，任劳任怨，三年下来，居然

> **主簿**
> 古代官名，是各级主官属下掌管文书的佐吏。

积蓄起好大一笔钱财。他们添置了田地，造起了房子。

日子虽然越过越红火，董国庆的心里却总是高兴不起来。为啥？原来他的老家还在南方。饶州家里有老母亲，还有结发妻子，不知道近来情况如何？眼下战火纷飞，南北阻隔，怎不让人思念！

董国庆的心思瞒不过他的妻子。在妻子的再三追问下，董国庆不得不对她说了实话："我其实是宋朝的官吏，只因金兵南侵，一时无奈，才隐名埋姓，逃到了这里。其实在南方，我还有个结发妻子、两个儿子，还有一位白发苍苍的老母亲，分别这么多年了，杳无音讯，不知他们是死是活。你说我一个人在这儿，心里怎么高兴得起来呢？"

董国庆说出了真情，担心妻子会大哭大闹，谁知她却十分通情达理，体贴地对董国庆说："你为什么不早说呢！你的心事就是我的心事。我有一个哥哥，为人十分豪爽，过几天就要来看我了，到时候请他想想办法看吧。"

几天之后，果然来了个生意人，身材魁伟，一脸络腮胡子，骑着一匹高头大马，驾着十几辆货车，来到了他家门口。他妻子高兴地说："我哥哥来啦！"当即出门迎接，还把董国庆介绍给了她的哥哥。

他们三人在一起喝酒，一直喝到深夜。他妻子看看时机到了，就把董国庆的真实身份说了出来，说他想回南方去探望家人，求哥哥帮帮忙。

谁知道他妻子刚说完，董国庆就双手乱摇，矢口否认这件事，弄得他妻子十分尴尬。那么，董国庆为什么要否认呢？这里有他的苦衷。原来，当时金国的统治十分严酷：凡是宋朝的官员流落在金国的，允许他自首；如果有官员隐匿身份而被别人揭发出来，一概会被处死。董国庆对他们两人不放心，怀疑他们设圈套陷害自己，所以临时改口，再三否认自己是宋朝的官员。

董国庆这一改口，终于把那个生意人惹恼了。他一拍桌子，厉声说道："我这个妹妹嫁给你好几年了，我们总算也是亲戚了，所以我才愿意冒着生命危险送你回南方去。想不到你这个人胆小如鼠，出尔反尔，太不像话了。万一半道上再出什么差错，岂不连我也要吃苦头了！快把当年朝廷委任你做官的告身*拿出来交给我，否则，天一亮，我就把你绳捆索绑，交给官府。"

<small>告身
古代朝廷授官的凭信。</small>

被这么一吓，董国庆越发害怕起来。他哆哆嗦嗦地从袋里取出告身，交给那个生意人，心想这下肯定是要吃苦头了。

第二天一早，那人牵来一匹马，对董国庆说："一切准备就绪，快跟我走吧。"

董国庆这才知道那个生意人并没有害他的意思，全是自己多疑，闹了场误会，于是，他转忧为喜。临走的时候，董国庆想拉妻子一起上路，妻子却十分冷静地对他说："我这里还有些事情要做，一时三刻走不了，你先走吧。明年我一定会来寻你的。我亲手缝了一件皮袍子，送给你作为纪念，你穿上它吧。一路上，你要听从我哥哥的安排。到了南方，哥哥可能要送给你一大笔钱财，你千万不可收下。如果推托不掉，让他看看这皮袍子，他就会明白。他当年曾经受过我的恩惠，这次送你南下，还不足以报答我，他还得再送我南下，才算了结。如果你收了他的钱财，他以为已经尽到了应尽的责任，就不会再来顾及我了。总而言之，这件皮袍你千万要保管好，切莫丢失了。"

董国庆听不懂妻子的话，有心想再问问清楚，又怕时间耽搁

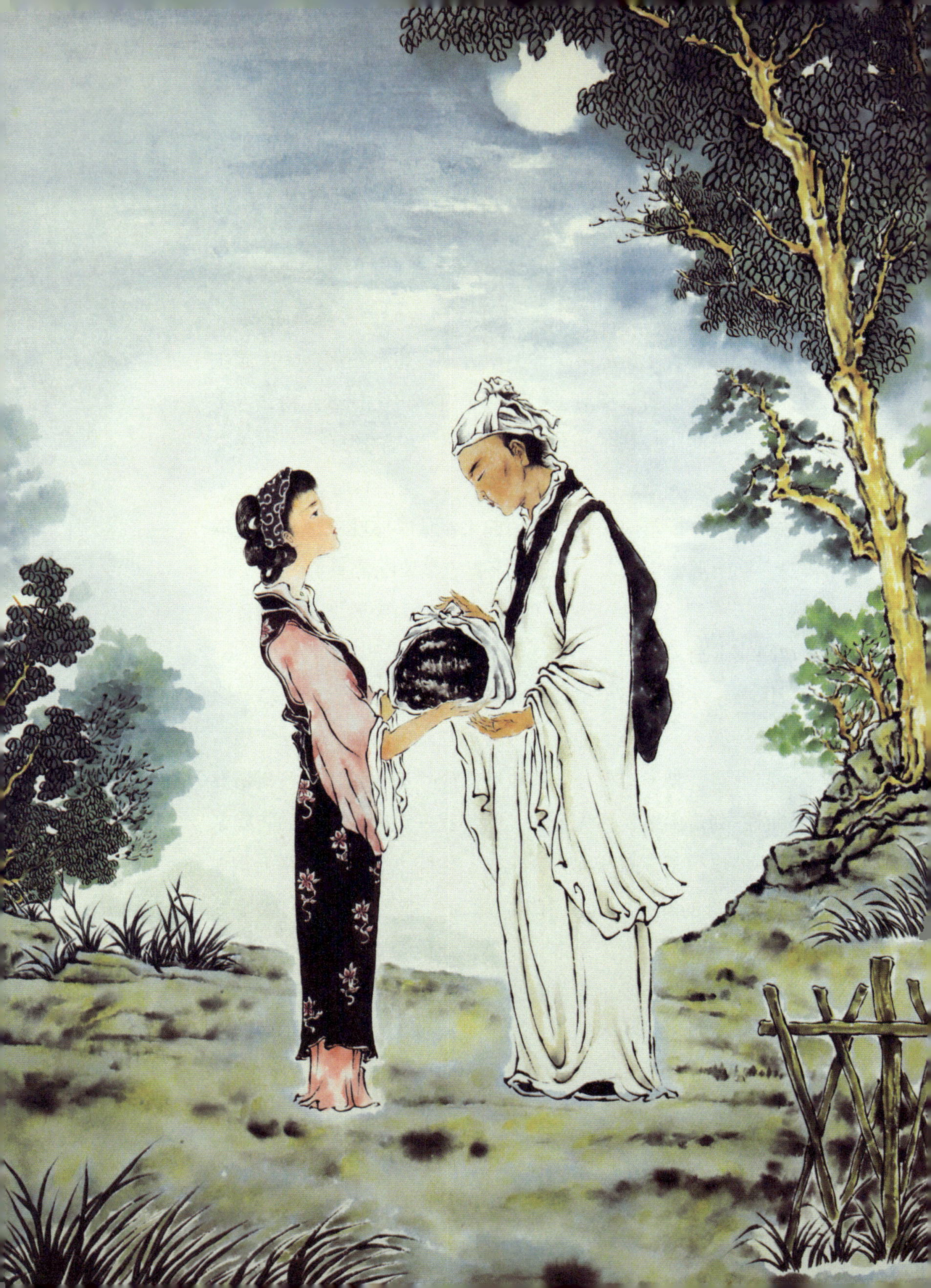

久了，让隔壁邻居发觉，走不脱，只好流着眼泪和她告别，跟着生意人走了。

他们到了海边，那里有一艘高大的海船正要解缆起航。生意人跟船老大打了个招呼，就一迭声地催促董国庆上船，而他却留在岸上，跟董国庆挥手告别。

海船起航，飞快地向南驶去。董国庆走得匆忙，路上吃用的东西都来不及准备，两手空空就上了船。没想到船上的人对他十分照顾，为他准备好了饭食，安排好了铺盖，他这才稍稍放宽了心。

到了南方，船一靠岸，那个生意人已在岸边等候了。把董国庆接上岸后，邀他到镇上的小酒楼去喝酒，表示慰问。酒过三巡，生意人拿出二十两黄金送给他，说道："区区薄礼，送给太夫人祝寿的，还望笑纳。"

董国庆记起分别时妻子对他说的话，坚决不肯接受。那个生意人说："客气啥？你两手空空回到家乡，怎么向家里人交代呢？"说罢，把黄金放在桌上，一挥衣袖，就下了酒楼。

董国庆连忙追上去，拉住他，给他看自己身上穿的皮袍。生意人一见，大吃一惊，讪笑着说："棋高一着，心服口服，我果然比不上你老婆。我欠她的情还没了结，明年一定把她送到你这里来。"说罢，头也不回地走了。

董国庆回到家中，老母亲、结发妻子和两个儿子都安然无恙，一家人终于团聚了。董国庆脱下皮袍给他们看，这才发现，皮袍的衣缝有的地方有些裂开，那里面竟塞满了薄薄的金箔。把这些金箔取出来，足够一家人过日子的了。

董国庆来到京都临安，向朝廷申述自己羁留在北方的前后经过,朝廷让他补了个宜兴县尉的官职。过了一年,那个生意人果然把他留在北方的妻子也护送了回来。

【故事来源】

据宋朝洪迈《夷坚乙志》卷十四译写。戏曲里,明朝郑之文《旗亭记》、胡文焕《犀佩记》都是在此基础上发展而成的。

太原意娘

北宋末年，天下大乱，金兵大举南侵，京城开封陷落。康王赵构逃到南方临安（今杭州），建立南宋政权，中原的百姓当了亡国奴。

那时候，有个开封人名叫杨从善，也因为这次战乱，回不了家乡，只好漂泊在山西一带，后来遇见一个在燕山（今北京城西南）开店的远房亲戚，就跟着在燕山住了下来。

有一天，杨从善到一家酒楼喝酒，看见墙壁上有人题了一首词，词的意思全是思念丈夫的，落款是"太原意娘"。杨从善不觉一愣，这个太原意娘不正是他的表兄韩师厚的妻子王氏吗？原先，他们两家常有来往，关系很密切，只是后来战火纷飞，兵荒马乱，才断了音讯。杨从善再一细看，墙上的题词，墨迹还没有干，知道题词的人没有走远，就急忙去问酒楼的伙计。

酒楼伙计说："刚才有几个女子上这儿来喝酒，其中有一个女子向我借笔墨，在墙上题了这首词。你要是去追，大概还追得上。"

杨从善当即下了酒楼，急匆匆地追赶。走不多远，果然看见街上有几个女子，其中一个年轻的女子，身穿紫色衣裙，佩戴银鱼首饰，头颈上围一条白色的绸围巾。

她一回头，看见了杨从善，也吃了一惊。原来她也认识杨从善，却又不敢公开打招呼，只是跟他使了使眼色，让他跟在后面，别走开。

杨从善心领神会，不敢贸然去认，只是远远地跟在她们后边，一路走去。到了黄昏时分，那几个女的进了一家深宅大院，这位年轻女子才转身出来，和杨从善打招呼。原来，她正是杨从善的表嫂王氏。

王氏说起分别以后的遭遇，不觉泪如雨下，哽咽着对他说："我跟着丈夫逃难，到了淮泗一带（今江苏靖江一带），被金兵抓住了。金国撒八太尉蛮横无理，想要霸占我。我拔出他的刀来朝自己的脖子上抹去，被他们拦住了，没死成，脖子上倒留下了很深的一道疤，所以现在一直围着一条围巾。撒八的妻子韩国夫人知道了这件事，很同情我，吩咐竭力抢救治疗。伤愈之后，又让我一直跟着她。唉！当时仓皇之中和丈夫分手，一直没有他的消息，只听说他在江南做官，真是想念他呀。"

杨从善又问："这是什么地方？"

"哦，这就是韩国夫人的住宅。刚才我跟她一起出来，上酒楼喝酒，不觉感慨万千，就在墙上题词一首，不想正巧被表弟看见了。有空的时候，希望你能来看望我。倘若有了我丈夫的消息，请你务必告诉我。"说罢，忍不住又流下了一串热泪。

杨从善很想跟她多说几句话，又怕韩国夫人家里的人出来看见了，节外生枝，所以不敢久留，匆匆安慰了几句之后，就满怀惆怅地告辞了。这以后，一连好几天，他想起这件事就耿耿于怀，却又不敢贸然拜访。

有一天，杨从善又来到酒楼，忽然在另外一堵墙壁上发现了一首题词，内容写的是悼念亡妻，一看落款，正是他的表兄韩师厚。杨从善又惊又喜：惊的是表嫂前几天还看见过，怎么诗里说她死了呢？喜的是表兄既然在此题词，就有可能见面。于是他找到酒楼的伙计，打听是谁在这里题的词。

酒楼伙计说："如今两国讲和，南朝派了使者到此，住在驿馆，刚才有四五个人上酒楼喝酒，墙上的词就是他们写的。"

杨从善一听，心中大喜，连忙打听驿馆的地址，急匆匆地去寻表兄。

表兄弟一见面，悲喜交加，又哭又笑，杨从善对表兄说："前几天我还见到过表嫂意娘呢，她就住在韩国夫人府上。你快去见见她吧。"

表兄韩师厚却死活不相信，一口咬定说："不可能，绝对不可能。当初逃难时，我亲眼看见她拔刀自杀。她早已不在人世了，你怎么可能见到她呢？"

杨从善却还是坚持说，表嫂没有死。于是两个人一道去韩国夫人府看个明白。

到了老地方，杨从善不觉又大吃一惊，原来那里只是一幢空房子，断墙残垣，杂草丛生，满目荒凉，哪里有什么韩国夫人。

他们里里外外寻了个遍，不见一个人影，倒是遇见一个老婆婆在那里打丝线，就过去打听。

那个老婆婆说："这里是有一个叫意娘的女人，不过不是活人，而是死人。你们知道吗？两年前，这幢房子是撒八太尉的官府。那个撒八曾经抢来一个女人，那女人性子刚烈，誓不受辱，当场拔刀自刎，死了。撒八太尉的妻子韩国夫人很可怜她，替她火化，把骨灰匣一直带在身边。去年，韩国夫人也死了，那个女人也就随葬在这里。你们要是不相信,不妨进去看看。"

这么一说,二人将信将疑,胆战心惊地进去寻访。到了后花园,但见一派凄凉,走到尽头,果然看见几间平房,推开门,里面是一个灵堂,当中供的是韩国夫人的灵位,旁边的墙上挂着一幅画像,衣服容貌,正和杨从善那天看见的意娘一模一样。画像前面的供桌上供着意娘的牌位,积满了灰尘,看着真令人心酸。

韩师厚和杨从善二人悲痛欲绝,洒了几行热泪,跟跟跄跄地回去了。到了驿馆,韩师厚备了酒肴,祭奠意娘,哭着说道:"你一个人留在北方,孤苦伶仃的,我实在不放心。我想把你的骨灰带回家乡金陵(今江苏南京)入葬,不知道你愿不愿意?"

隔了好久,意娘的鬼魂出现了,哽咽着对韩师厚说:"我一个人孤苦伶仃在燕山,没有一个亲人在身边,怎么不想回家乡去呢?不过我还得跟你说清楚,你如果把我带到了南方,就得常常来我的坟前探望,也好让我有个安慰。如果你娶了后妻,不再来看我,那我回去又有什么意思呢?倒不如留在这里和韩国夫人做个伴,还可以散散心呢。"

韩师厚很是感动,含着热泪对天发誓,回到金陵之后一定不再续弦,会常常到意娘坟上祭奠。意娘点了点头,转眼就不见了。

第二天,韩师厚又和杨从善一起来到韩国夫人府,请那个打丝线的老婆婆相帮,打开坟墓,取出意娘的骨灰匣,带回金陵后,隆重下葬。此后,每过十天,他总要到坟上去祭奠一番。

几年下来,韩师厚孤身一人,日子实在难过,就续了弦。结婚之后,因为迷恋新人,就不大到意娘的坟上去了。

有一天,韩师厚做了一个梦,梦见意娘哭哭啼啼地走来,对他说:"我在燕山,原本已经安心了,是你一定要把我带回金陵的。现在你又把我搁在一边,不闻不问,你于心何忍啊!"韩师厚一觉醒来,又惊吓又惭愧,终于生了重病,不几天就死了。

【故事来源】

据宋朝洪迈《夷坚丁志》卷九译写。元杂剧《郑玉娥燕山逢故人》、拟话本《古今小说·杨思温燕山逢故人》等,都是在此基础上发展而成的。

罗汉剃头

宋朝年间,江南一个小县发生了这么一桩稀奇古怪的事情。

在城外几十里路的地方,有一座古老的寺院。此前这座寺院香火旺盛,香客盈门,也曾经出过一阵风头,后来慢慢地败落下来。加上它地处偏僻,山高路险,久而久之,烧香的人越来越少。这样一来,庙里就没有收入了,和尚的日子越过越清苦,实在受不了。

一天,外地来了个游方和尚,和当家和尚一攀谈,知道了他们的苦衷,就拍拍胸脯,对当家和尚说:"这有何难!你只要听我的话,照我的安排去做,担保贵寺不出一年工夫就能香火旺盛,名扬四海。"

哦,想不到这个游方和尚居然还有这一手,能让一座寺院起死回生!当家和尚有些将信将疑,不过再一想:死马当作活马医吧,试试也无妨。他就跟着游方和尚来到罗汉堂。

罗汉堂里陈列着五百罗汉塑像。当初的塑匠据说是位高手,塑出来的五百罗汉,胖的瘦的,高的矮的,笑的哭的,凶的善的,样样都有,千姿百态,栩栩如生,只是年久失修,积满了灰尘,有些黯然失色。他们两人一尊一尊地细细端详过去,终于找到一尊罗汉塑像,相貌和那游方和尚有几分相像。游方和尚朝当家和尚眨眨眼睛,就穿上罗汉的衣服,戴上罗汉的顶笠,握着罗汉的手杖，大摇大摆地到城里去了。

到了城里，游方和尚找到一家最大的剃头店，一屁股坐了下去，要剃头师傅替他剃头。剃头的时候，他故意把头一动，光头上顿时就被剃刀刮出了一道不深不浅的伤痕来，鲜血直流。剃头师傅慌了，赶紧替他敷上伤药，又撕下自己的衣带替他包扎，一边不断地向他赔礼道歉。

游方和尚却毫不在意，念了几句"阿弥陀佛"后，就不再说话了，任他怎么摆布，都没有发脾气。

临走的时候，游方和尚一摸口袋，脱口说道："哎哟，真不好意思，我的记性真是越来越差了，出门忘了带铜钱，这可如何是好？这样吧，麻烦师傅明天跑一趟，到城外的古寺去拿，我保准给你一千钱。今天只好先留下这根手杖，权作抵押吧。"

剃头师傅朝他看看，是个老实巴交的出家人，也不好意思多说什么，便收下手杖，送他出了店门。

第二天，剃头师傅拿着手杖到山里去，刚走进庙门，看门的和尚就一把将他揪住，恶狠狠地说："好哇，胆子倒不小！送上门来了。这手杖不是我们罗汉堂里的吗？丢了都快半年了，原来是你偷的！"

剃头师傅怎么肯承认呢，就把昨天有个和尚来剃头的事，前前后后说了一遍。看门和尚哪里会相信，一口咬定剃头师傅在胡说八道。两个人吵着吵着，就吵到了当家和尚那里。当家和尚要剃头师傅把昨天来剃头的和尚的相貌特征再细细地说一遍。当家和尚听完也惊奇起来，拉着他们两人，一起去罗汉堂。

罗汉堂门口挂着一把锈锁，好久不开了，钥匙插进去，捣鼓了老半天才勉强把锁打开。走进去一看，灰尘积得老厚老厚的，到处挂满了蜘蛛网。走到一尊罗汉像的跟前时，他们停住了，因为发现这尊罗汉像手中的手杖的确不见了。剃头师傅再仔细一看，可不得了，怎么这尊罗汉穿的衣服、戴的顶笠，都和昨天来剃头的和尚一模一样！更加奇怪的是，这个泥塑的罗汉头顶上竟也有一道伤痕，沁出几丝血迹，头上敷着伤药，包扎的布条子与剃头师傅昨天从衣服上撕下来的一样，包扎的式样也照式照样。更奇怪的是，罗汉的座位面前正好有一千古钱，穿钱的绳索早已烂掉了。

哎呀呀，这可是千载难逢的大奇事！当家和尚立即跪到地上，连连向这尊罗汉叩头，一边对剃头师傅道喜："恭喜恭喜！施主好福气，你见到活佛啦！"

剃头师傅回到城里，逢人就说："城外古寺里的罗汉显灵啦，还到城里来剃过头哩！"

这消息一传十，十传百，越说越神，相信的人越来越多，到古寺去烧香拜佛的善男信女闻风而至，络绎不绝，寺院顿时热闹起来，从此财源滚滚。

俗话说，没有不透风的墙。几年之后，这个古寺院里的和尚为了争夺财产，起了内讧(hòng)，终于把这个"罗汉剃头"的骗局给兜了出来。于是，四乡八里的人们恍然大悟，原来这一切全是那个游方和尚和当家和尚预先布置好了的，是骗人的。这么一来，古寺里的香火又开始败落下去了。

【故事来源】

据宋朝王辟之《渑(shéng)水燕谈录》卷九《杂录》译写。

鱼篮观音

这个故事发生在宋朝。

海门县的金沙滩,原来是个风景秀丽、物产富饶的好地方。那时候,地方上出了一批坏人,领头的叫马二郎,绰号"蚂蟥"。他和他的结拜兄弟赵四郎、陈五郎几个人勾结在一起,横行乡里,谋财害命,奸淫掳掠,无恶不作,闹得金沙滩一带乌烟瘴气,暗无天日。玉皇大帝知道了这事,顿时大怒,传旨给东海龙王,要他立刻发海水淹掉金沙滩,让这里的人统统进地狱,吃苦头。

观音菩萨心肠好,听说要水淹金沙滩,心里舍不得,急匆匆去找玉皇大帝,对他说:"金沙滩虽然有坏人,但总也有好人的吧。请你宽限几天,让我去劝劝他们,如果能够让他们回心转意,改邪归正,岂不是好事一桩?"

玉皇大帝一想,这话有道理,就答应了观音的请求,让她去试一试。

观音到了金沙滩,变作一个穷苦的卖鱼女子,弯腰曲背,头发蓬乱,衣衫褴褛,十分丑陋。她提着一只篮儿,篮儿里放几条鱼,沿街叫卖,一圈兜下来,竟没有一个人理睬她。

观音叹了一口气,摇摇头,又一变,变成一个佳人,眉清目秀,樱桃小口,蟠龙髻像乌云,十指尖尖像嫩笋,比那月里嫦娥

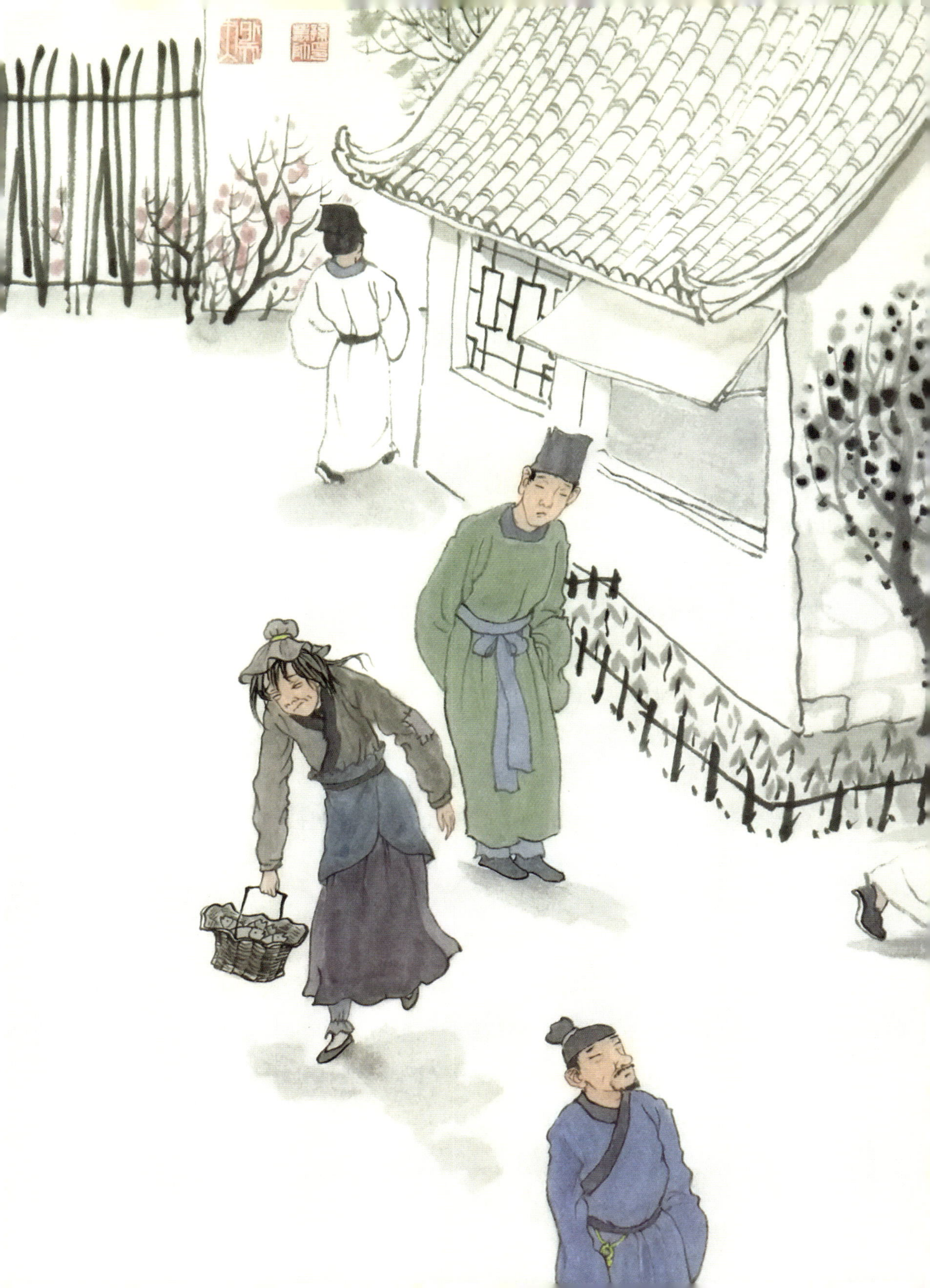

还要美三分。这一下可不得了，一传十，十传百，人人都争着来看这个卖鱼姑娘。金沙滩上顿时热闹非凡，人山人海。

马二郎听说有这么个美女，急匆匆地挤了过来，一看，果然貌若天仙，漂亮得不得了。他心里痒滋滋的，开口就说要跟卖鱼姑娘成亲。

卖鱼姑娘朝他笑笑，不卑不亢地说："金沙滩的许多年轻小伙子都想娶我做老婆，这件事不好办。要跟我成亲，得答应我一个条件：谁能一夜工夫背出《观音普门品》，我就嫁给他。"

听她这么一说，大家都赶紧回去读经了。顿时，金沙滩一带香烟缭绕，读经声此起彼伏。

读了一夜，第二天大家都去找卖鱼姑娘背诵《观音普门品》。一个个试下来，竟有二十个人背得出来。

卖鱼姑娘笑笑说："我一个人，怎么能嫁给这么多人呢？再来考一次。谁能一夜工夫背出《金刚经》，我就嫁给他。"

于是，大家又一窝蜂回去，争先恐后地背诵起《金刚经》来。一夜工夫下来，能够去找卖鱼姑娘背诵《金刚经》的，只剩下十个人了。

卖鱼姑娘还是摇头摆手，说道："不行不行，还要再考一次。谁能三夜工夫背出《法华经》，就说明这个人是真心诚意要和我成亲的，我就会嫁给他。"

一次一次考，一次比一次难。第一次背《观音普门品》，这部经很短，背得出倒也不稀奇。第二次背《金刚经》，就比较长了，要把它背诵出来，已经是非常吃力的事了。但是为了娶到这么漂亮的姑娘，大家都还是咬紧牙关，拼命地背诵。现在又要背《法华经》，自然就更加困难，更加吃力了。不过还是有不少人想试一试。

到了第四天早晨，只有马二郎一人背得出《法华经》。其实呢，这也是观音菩萨暗中帮的忙。观音知道这里的人都不肯读佛经，就想出这个办法来，鼓励大家都读经，读的人多起来，慢慢成了风气，都觉得做坏事不好，做坏事的人也就慢慢少了。

再说马二郎背出了《法华经》，高兴得不得了，马上回去准备婚事。

三天之后，马家张灯结彩，大办喜事，吹吹打打地把卖鱼姑娘抬了回去。

谁知道客人们还在厅堂里喝喜酒的时候，新娘子就"哎哟，哎哟"地喊了起来，一会儿工夫，她已经病倒在床上了。

马二郎赶紧到新房里去探望，一看，新娘子已经奄奄一息了。这可如何是好？他心中一急，不由得号啕大哭起来。

不一会儿，新娘子果然闭紧双眼，直挺挺地死在新床上了。马二郎满腹悲伤，也没有办法，只好把喜事办成了丧事，买来一口棺材，将新娘子入殓落葬。

从此以后，马二郎不再强横霸道，常常对着娘子的画像念经。金沙滩这地方，自然比过去太平得多了。

又过了许多日子，来了个老和尚，说是要寻卖鱼姑娘。马二郎说，卖鱼姑娘已经死了。老和尚不相信，一定要打开棺材看个明白。马二郎拗不过他，只好打开坟墓，取出棺材。掀起棺材盖一看，大吃一惊，里面哪里还有什么尸体，只剩下一副金光灿灿的黄金锁子骨。

和尚对大家说："看见了吧，哪里有什么卖鱼姑娘？这是观音菩萨来点化你们的呀！从今以后，你们大家切勿再做坏事了。"

说罢，他用手中的锡杖一挑，挑起那副黄金锁子骨，一阵大笑，扬长而去。

据说，玉皇大帝因为观音做了这件好事，就封她为鱼篮观音，又叫马郎妇观音。

【故事来源】

据《法华经》《感应传》《鱼篮宝卷》等综合译写。

磨刀劝妻

在安徽宣城，有一个走乡串村的货郎，他姓什么、叫什么名字，没有人知道。

货郎娶了个老婆，长得很漂亮，能说会道，样样都很称心，就是有一件事不如意。什么事呢？婆媳关系不好。丈夫出门做生意，家里只剩下婆媳俩，大吵三六九，小吵天天有。究竟为了什么呢？一时也说不清，反正都是些芝麻绿豆大的小事情。每次货郎从外面做生意回来，老婆总是哭哭啼啼地向他诉苦，枕头边告起状来，没完没了，说婆婆如何如何蛮横无理，折磨媳妇，这样的日子实在过不下去了。货郎总是闷声不响，就像是吃了乌龟肉似的。

有一天夜里，老婆又跟往常一样诉起苦来，货郎忽然神秘兮兮地抽出一把尖刀，在灯光下晃了晃，老婆吓了一跳，问他："这把刀拿来干啥？"

货郎压低了声音对她说："轻声些！你不是在说婆婆怎么怎么不好吗？我想这个家容不得两个女人，今天我特地带回来这把刀，我们两个人齐心协力，去把你婆婆杀掉，不就太平了吗？"

他老婆一拍手，想也不想，脱口而出："好的好的，是该杀！"

货郎又说："不过要杀也不能今天杀。你想想看，今天要是真的杀了她，街坊邻居肯定会起疑心，一张状纸告到官府，说是你们婆媳不和，天天吵闹，现在婆婆死了，十有八九是媳妇害死的。到时候你浑身长嘴也辩不清，是不是？我给你出个主意，你替我好好地侍候她一个月，处处顺着她，让街坊邻居看见，都说媳妇是贤惠的，就是婆婆不像话，是婆婆理亏，虐待媳妇，不近人情。到了那个时候，我们两人齐心协力，半夜里把她杀了，神不知鬼不觉，只说她是生急病死的。街坊邻居对她不满，巴不得她早死，谁还会对你起疑心，对不对？"

一番话，说得老婆口服心服，她连连点头。

第二天，货郎又出门做生意去了。媳妇心怀鬼胎，表面上装得蛮像，说话轻声轻气，样样事情都顺着老人。做婆婆的发脾气，她不发；早上送洗脸水，晚上送洗脚水，侍候得尽心尽意；知道婆婆喜欢吃鱼，就想尽办法去买鲜鱼，今天红烧鱼，明天炒鱼片，后天又变花样，来个鲫鱼汤。婆婆弄不懂了，这是太阳从西边出来了？媳妇为啥待我这么好？起初还存三分戒心，久而久之，戒心也没有了。俗话说，人心都是肉长的，人敬我一尺，我敬人一丈。小辈尊敬长辈，长辈自然也得爱护小辈。从此她也改了脾气，一见媳妇就眯眯笑，说起话来也和顺得多了。有一次，媳妇发高烧，做婆婆的急得不得了，送汤送水，问寒问暖，像照顾自己的亲生女儿一样。这样一来，做媳妇的竟也假戏真做，流下了眼泪。

一个月过去了，货郎回到家里，喝了几盅酒，脸上红通通的，又摸出这把尖刀在灯下摆弄，叫来老婆，板着脸问她："你婆婆近来对你怎么样？"

老婆说："近来她好像变了个人似的，对我蛮好。"

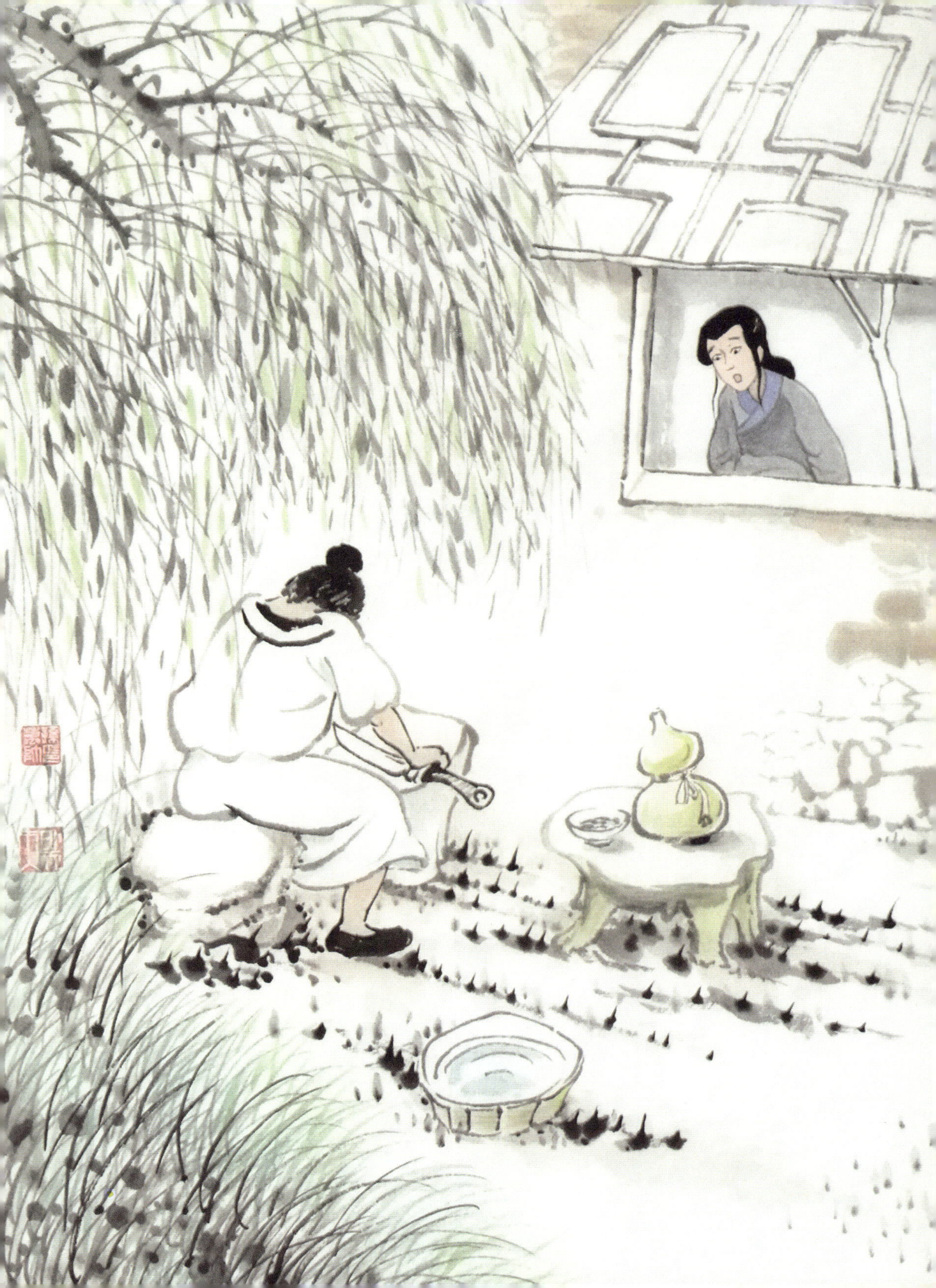

货郎"唔"的一声，不吭气了，又喝了一盅酒，对老婆说："现在还不是时候，你再熬一个月。"说罢，把尖刀藏了起来。第二天，货郎又出门去做生意了。

一个月又过去了，货郎回来后还是闷声不响地一个人喝酒，酒越喝越多，脸也越来越红。他又摸出这把尖刀，索性把刀放在磨刀石上"嚓嚓嚓"地磨个不停。

他老婆一看，脸色一下子变了，连忙问道："你要干啥？"

"干啥？你难道忘记了。"

"不不不，你可千万别杀婆婆，她这两个月来待我好得实在没法说。杀不得，杀不得！"做媳妇的平日里能说会道，在这个节骨眼儿上，却翻来覆去只会说这几句话了。

货郎瞪大了眼睛朝老婆看，一边手里紧紧捏着那把尖刀，隔了好一阵子，才开口问道："你听说过世上有丈夫杀老婆的吗？"

"嗯，听说过。"

"你听说过世上有儿子杀娘的吗？"

"没听说过。"

"这就对了。俗话说，人生在世，孝敬父母是头等大事。父母从小把孩子抚养大，做子女的粉身碎骨也报答不了这大恩大德，你说能让做儿子的去杀娘吗？自从你嫁到我家，我家就没一天太平过，甚至还要叫儿子杀娘，去做这种大逆不道的事。就算街坊邻居被你骗了过去，天地鬼神也容不了你。我给你两个月的时间，是要让你尽一点当儿媳妇的责任，也让你知道我娘对你的一片爱心，让你明白理亏的不是老人而是小辈。现在两个月的时间到了，我想你也明白了这个道理。你说我今天磨刀做啥？是杀娘，还是杀老婆？"

话说到这里,做老婆的全明白了。原来她丈夫一开始就不想杀娘,磨刀不过是个计策,为的是让她知道自己错在哪里。想到这里,做老婆的浑身发抖,泪流满面,"扑通"一声跪倒在地,哭着说:"请你饶了我吧。我要一辈子孝敬婆婆,做一个好媳妇。"

从此,她们婆媳和睦相处,互敬互爱。久而久之,货郎磨刀劝妻的故事一传十,十传百,大家都说人不可貌相,海水不可斗量,想不到货郎这个人看上去平平常常,居然想出这么个绝妙的办法来!

【故事来源】

据宋朝何薳(yuǎn)《春渚(zhǔ)纪闻》卷四译写。

碾玉观音

南宋绍兴年间,京城临安有个权势煊赫的王爷,官封三镇节度使咸安郡王。他家中童仆成群,特地养了许多工匠,做什么事都不必到外面去寻人。

一天,王爷到西湖游春,路过钱塘门小车桥,看见璩(qú)家裱褙(biǎo bèi)*铺里一个年轻姑娘,身上系着一条绣花肚兜,那花样绣得十分细巧,他当场就看中了。回府以后,派了个侍从去要人。璩家两老不敢说半个"不"字,老老实实把女儿送进了郡王府,做了个专门绣花的养娘,取名叫秀秀。

过了几天,皇帝赐给郡王一件团花绣的战袍,花样绮丽,煞是好看,郡王想照式照样再绣一件,郡王府里的养娘看了老半天,都说这种花样太复杂,不敢绣。独有秀秀一个人,闷声不响地接了下来,半个月过去了,她拿出的战袍跟朝廷赐的那件一模一样。这一下,不仅郡王喜欢,郡王府里的人对秀秀也都另眼相看了。

郡王心想,皇帝赐我战袍,我也该献一样好东西给皇帝才是。于是,他从府库里寻出一块羊脂美玉,叫来府里的碾玉待诏*,问大家做个什么玩意儿好。大家七嘴八舌,有的说做只杯子,有的说刻只猴子,但都不称郡王的心。有个名叫崔宁的碾玉待诏,年纪轻轻,却心灵手巧,他过来一看,说最好刻一尊南海观音。

裱褙
用纸或丝织品做衬托,把字画书籍等装潢起来,或者加以修补,使其美观耐久。

碾玉待诏
专门刻玉石工艺品的工匠。

正中下怀，郡王立即下令让他去刻。两个月后，他把玉观音呈送到郡王手里。郡王一看，妙相庄严，慈眉善眼，晶莹剔透，栩栩如生，简直妙极了！一高兴，就当着许多人的面说："好哇！前些日子秀秀绣了件战袍，今天你又碾了尊玉观音。你们两个都是我郡王府里出类拔萃的工匠，今天我做主，再过一年，把秀秀嫁给你，怎么样？"

工匠们全都拍手称好，异口同声地说："这是一对天造地合的好夫妻！"这事一下子在郡王府里传开了。那时候待诏和养娘都是分开住的，男女授受不亲，平时轻易看不到；不过毕竟都在一个郡王府里，走进走出，总有照面的时候，你有心，我有意，两个人都觉得情投意合，痴痴地盼着成亲这个日子的到来。

这年春天，崔宁到西湖游春，刚和几个朋友走进一家酒店，想好好喝上几盅，忽然听得街上人声鼎沸，乱作一团。出门一问，说是井亭桥一带起火了。崔宁心中一惊，想着郡王府就在井亭桥附近，这事非同小可，所以酒也没心思再喝了，赶紧奔回家去。

到了郡王府，他吓了一跳，偌大一个郡王府竟然已经不见一个人影。原来大家怕大火烧过来，早已抢着搬运家当，躲避火灾，都逃得无影无踪了。可是崔宁还不放心，硬着头皮进去，要去看个仔细。

走过一个走廊，正好和一个女人撞了个满怀，抬头一看，不是别人，正是秀秀。只见她手里提着一个沉甸甸的小包裹，神色慌张地正朝外走，现在看见崔宁，不觉松了口气，连忙说道："崔待诏，你还进去做啥？王府里的人早已逃光了，就我一个人走得慢，落在了后头。快，你来帮我，先找个地方躲一躲最要紧。"

崔宁来不及细想，就领着秀秀，一同出了郡王府，沿着河，走到石灰桥。秀秀又说："不行不行，我的脚好疼，走不动了。"

崔宁说:"我家就在前头,再走几步,先到我家歇歇脚吧。"于是,他就把秀秀领到了自己家里。

秀秀一坐下来,又嚷着肚子饿,要崔宁去买点心;还说受了惊,最好能喝点酒。崔宁买来酒和点心,陪着秀秀吃。

三盅酒下肚,秀秀脸上红扑扑的,看着崔宁,只觉得有满肚子的话要说。仗着酒胆,她说:"当初郡王要把我许配给你,你还记不记得?"

崔宁心中一动,连声说:"记得,记得。"

秀秀又说:"府里上上下下都说我俩是天造地合的一对好夫妻,你记不记得?"

"记得,记得。"

"既然如此,你还等什么?倒不如我们今天就做了夫妻。"

崔宁起初还有些不敢,生怕郡王发怒,弄不好还要受罚;但被秀秀那火辣辣的眼光看得神魂摇荡,也就动了心。两个人一商量,觉得今天郡王府遭遇火灾,倒是天赐良机,何不趁着王府乱糟糟的时机,两个人远走高飞,走得远远的,不就没事了吗?想到这里,胆子不觉大了许多,两人当夜就做了夫妻。

原来,秀秀早就有心,这次从王府里逃出来时,手里提着一包裹金银珠宝,这够他们小两口过一段日子了。第二天大清早,天还没亮,两个人就收拾收拾东西,打了个包裹,出了临安城。一路上风餐露宿,跋山涉水,向西到了衢州,还是觉得不放心;再走,到了信州,还是不放心;终于到了潭州(今湖南长沙)。

崔宁对秀秀说:"这里离开京城有两千里路了,还怕啥?我们就在这里住下,做个长久夫妻吧。"秀秀连连点头。他们租了间街面房子,挂出招牌,专做碾玉工艺,生意倒也不错。夫妻双双，恩恩爱爱的，日子过得相当美满。

谁知道"好事多磨"。一年以后，崔宁在路上遇见一个人。崔宁并不在意，只是跟他擦肩而过；他却盯着崔宁看了又看，看过还不算数，又转过身来，跟着崔宁，一直跟到他的店铺。那人一进门，见秀秀正坐在柜台里照应，当即大声招呼起来："哈哈，原来你们两人都在这里。看样子已经成夫妻了吧？嗯，不错不错，恭喜恭喜！"

此人是谁？原来他是郡王府的一个排军，姓郭，人称郭排军，这次受郡王差遣，到湖南送信，半路上遇上了崔宁。现在看见郭排军闯进店铺，崔宁夫妻自然惊慌失措，生怕他回去多嘴，所以连忙把他拉住，好酒好菜请他吃，又送了一笔厚礼，再三叮咛："郭排军高抬贵手，回到京城，千万不要向郡王说起此事，也好留我们两人一条活路。"郭排军吃得心满意足，满口答应，说道："我无缘无故去说啥？你们夫妻俩尽管放心。"吃饱了，喝足了，他拱拱手就回去了。

谁知道郭排军是个无耻小人，一回到临安，就到郡王那里报告，说他在潭州见到了崔宁和秀秀，他们好大胆，居然在那做起夫妻来了。被这么一说，郡王顿时勃然大怒，郡王府里的工匠怎敢私自逃跑！他当即通知临安府，派差役把他俩给抓回来。

不到两个月，临安府就把崔宁和秀秀两人押到临安，移交给了郡王府。郡王一见，气得咬牙切齿，拔出刀来就要杀人。倒是郡王夫人出来劝道："这里是京城，比不得边界前线，不好动不动就杀人，还是让临安府审判吧。"郡王一听，觉得有道理，便吩咐下人将崔宁押到临安府去处置；秀秀是郡王府女奴，先押到后花园再说。

到了临安府，一审，崔宁连连叫屈，把当初郡王府失火的事，前前后后说了一遍，把责任都推到了秀秀身上，说自己是被迫的，请求宽恕。临安府尹倒也同情他，所以写了文书，替他向郡王说情。郡王这时也有些回心转意，说道："既然如此，那就打一顿，发配到建康府（今江苏南京）去吧。"

这天，临安府差役押解崔宁到建康府去。刚出北关，就看见一顶轿子由两个人抬着，从后面追上来，一到跟前，就一迭声地喊："崔待诏，等一等！"轿子停下，走出来一个女子，不是别人，正是璩秀秀。

秀秀说："郡王把我押到后花园，打了三十大板，就把我赶出来了。我怎么办呢？"

崔宁想，我们毕竟是夫妻，不能眼看她流落街头啊，就去跟押解他的差役商量，是不是做做好事，让秀秀也一起到建康府去。差役是个老好人，一口答应帮忙，当即叫来一艘船，沿运河一路送他们夫妻到了建康府，交代完公事后，就闷声不响地回来了，对谁也没说。

崔宁和璩秀秀这次到了建康府，倒不怕了，反正是临安府判决发配到建康府的，也不会再有什么人告发了，就又在大街上开了个碾玉作坊，做起老本行来了。

过了几天，秀秀说，我们逃出郡王府后，连累我爹妈也吃了不少苦，还是想办法把他们接来吧。崔宁一口答应，托人到临安去接，可到那里一问，邻居说这两人早就不知下落了。帮忙打听的人有些纳闷儿，回到建康时，却发现璩公、璩婆已经一路寻来，和女儿会面了。从此，一家四口，有说有笑地过日子，倒也不再寂寞。

有一天，皇帝到偏殿游玩，拿起玉观音来观赏，一不小心，玉观音身上的一个玉铃儿跌落了下来。皇帝问太监："怎么修补？"太监反复查看，发现底盘下边有三个字"崔宁造"，便说："这事好办，下旨传崔宁进宫，不就可以修补了吗？"皇帝当即下旨找寻崔宁，一查二查，查出崔宁在建康，就召他进京。崔宁果然心灵手巧，一补就补好了，而且补得天衣无缝。皇帝一高兴，赏赐他一笔银子，说不要回建康了，在临安住下吧，有事找找也方便。崔宁自然高兴，心想这回是皇帝让我回来的，还怕什么？于是，他把家搬回临安，在清河坊开了家碾玉铺子。

碾玉铺子开张才三天，郭排军又来了，进了铺子就说："崔大夫在这里发财，好哇，恭喜恭喜！"刚说完，抬头看见秀秀立在柜台后面，郭排军的脸色"唰"地一下变了，二话没说，拔腿就走。

秀秀连忙对崔宁说："把他叫回来，我有话要问。"郭排军走不脱，只好一脸尴尬地跟着崔宁回来。秀秀见了郭排军，开口就说："郭排军，你这个人好没良心。上次在潭州，好心好意请你吃酒，又送了厚礼，你却两面三刀，回去告我们的状，害得我们好苦。这次又遇上了，你准备怎么样？你要告状，就去告吧，这回可不怕你了。"郭排军平日胆大包天，敢说敢骂，今天却像迎风吃炒面——开不得口，一个劲儿地点头哈腰，敷衍了几句，就赶紧溜走了。

原来，璩秀秀当初被郡王府的人押到后花园后，遭到毒打，早已被打死，埋在了后花园。这事是郭排军亲眼看见的，如今忽然又在崔宁的碾玉铺里看见了她，这不是白日见鬼了吗？郭排军当然害怕。他一回到郡王府，就去报告郡王。郡王自然不相信，说他是瞎说。偏偏郭排军又一口咬定，说自己看得清清楚楚，秀秀就在崔宁的铺子里。于是郡王要郭排军立下军令状，倘若不见秀秀，就要杀他。

郭排军立下军令状后，带了两个轿夫，到碾玉铺去抓人。到了铺子，把情况一说，秀秀从容不迫地打扮了一下，然后坐进轿子，跟他们走了。谁知道轿子抬到郡王府门口，郭排军掀起轿帘的那一刹那，张开嘴巴得再也合不拢了。轿子里空空如也，根本没有人。

郡王还以为是郭排军在捣鬼，拔出刀来要杀他。吓得郭排军跪倒在地，捣蒜似的磕头。两个轿夫也证明，说刚才明明看见秀秀坐进轿子的，怎么就转眼不见了呢？这么一说，连郡王也相信有鬼了，连忙叫来了崔宁，问个明白。崔宁把事情经过又说了一遍。郡王想，这事跟崔宁没有关系，所以把一肚子气都出在了郭排军身上，当即把他打了五十军棍。

再说崔宁，听说自己老婆是鬼，不觉也心惊肉跳起来，回到家中，先问丈人和丈母娘。璩公、璩婆面面相觑，也说不上来，两个人走出家门，扑通，扑通，都跳河自杀了。崔宁吓坏了，连忙叫人来救，到处捞尸首，却捞来捞去也捞不到。原来两老早在秀秀被打死的时候，已经投河自杀了，他俩也是鬼。

崔宁回到房里，一看，咦！秀秀怎么又坐在床上了，不觉又是一身冷汗。秀秀扑过来，拉着他的手说："为了你，我被郡王打死了，埋在了后花园。我的阴魂不散，才又和你做了这几年夫妻。现在郭排军吃了五十军棍，我也出了这口怨气，现在我要回去了。"说完，朝后一倒，秀秀又死了。

【故事来源】

据《京本通俗小说》译写。按照胡士莹的说法，这个故事是宋代的说话艺人根据有关韩世忠的民间传说加以发展而成。

白娘子

保俶塔
坐落在浙江杭州宝石山上，建于五代十国时期，为保佑吴越王钱俶北上京城平安归来而建。

宋高宗绍兴年间，杭州临安府过军桥黑珠巷里有个年轻人，名叫许宣，从小死了父母，跟着姐姐、姐夫过日子，长大后就在表叔家的药铺里当伙计。有一年，清明节快到了，杭州城里，家家户户都到郊外扫墓，顺便游游西湖，踏踏青，好不热闹。许宣也向表叔请了假，到保俶(chù)塔*去烧香，祭奠祖先。

天有不测风云，许宣刚从保俶塔下来，就遇上了雷阵雨，连忙到湖滨喊了一条渡船，叫船老大划到清波门去。船刚要开，岸上有两个年轻美貌的女子喊起话来，要搭乘便船。许宣探出头来一看，这两个女子浑身上下都淋透了，好不可怜，连忙吩咐船老大把她们接下船。

这两个女子不是别人，正是白娘子和小青。说起白娘子和许宣，这里还有一段前缘。原来白娘子是白蛇变的，小青是青蛇变的。当初，许宣的前世是个挑货郎，他半路上救了一条受伤的小白蛇，一直小心翼翼地把它放在一只盒子里，喂它吃的，后来看着蛇一天天大起来，盒子里养不下了，才把它放回山里去。白蛇修炼成了蛇仙，想报恩，一打听，挑货郎后世投胎在杭州，名叫许宣，所以就来寻他，要和他配夫妻。刚才这场雨，也是白娘子使了法术才下的。

白娘子上了船，一双眼睛盯着许宣看。许宣是个老实小伙子，从来没见过这么漂亮的年轻女子，一颗心不由得怦怦直跳。两个人，你看看我，我看看你，就在船舱里攀谈起来。

　　不一会儿，船到了清波门。白娘子说，没带船钱，真不好意思。许宣说，这点船钱客气点啥，我一个人付了吧。白娘子顺水推舟，就说自己家住箭桥双茶坊巷口，请许宣有空过去坐坐，也好顺便把船钱还掉。三个人上岸一看，雨还是下个不停。许宣索性把随身带着的雨伞借给了白娘子，自己沿着屋檐一路走回了家。

　　回家之后，许宣就一直想着白娘子，晚上睡觉，一闭上眼睛，白娘子那笑盈盈的样子就出现在眼前，赶也赶不走，躲也躲不开。第二天下午，他向表叔撒了个谎，请假出来，到双茶坊巷口去寻白娘子。

　　许宣来到双茶坊巷口，问了几个街坊，都说不知道附近有个白娘子。这时，小青从东边走过来，把许宣带到了家里。

　　白娘子一见许宣来了，好不高兴，连忙吩咐小青准备茶点。许宣说是来拿雨伞的，拿了就得回去。白娘子哪里肯放他走，推说雨伞被亲戚借走了，就是去讨，也要费些工夫的。于是，她吩咐下人，摆开酒席，请许宣喝酒。许宣嘴上说要走，其实心里也恨不得多留些时辰呢，磨磨蹭蹭地说了些无关紧要的话。说着说着，白娘子心直口快，索性就把话挑明了："真人面前不说假话。奴家的丈夫死了，正想找个官人。一见你，我就觉得有缘分。你回去请个媒人来，我俩就此结成百年姻缘吧。"

　　许宣的脸顿时涨得绯红。他心里虽是一百个称心，可是不敢贸然答应，想了半天，才吞吞吐吐地说："好是好，只不过我是个药铺伙计，手头一直拮据，哪来那么多银钱操办婚事啊？"

白娘子微微一笑，让小青取出一锭银子，送给许宣，让他回去操办。

许宣回到家中，取出银子一看，这锭元宝足足有五十两呢，他乐颠颠地拿去交给姐夫，让姐夫替自己操办婚事。

谁知道乐极生悲。许宣的姐夫在衙门里当差，这几天正在办一桩案子，说是邵太尉的银库失窃，门不开，窗不破，又没有地洞，却凭空不见了五十锭大元宝。现在姐夫一看许宣给他的这锭银元宝，上面正好刻着"邵太尉府藏"这几个字。这可怎么了得！要是窝藏不报，一家人都要充军发配，谁吃得消！他一咬牙，就到临安府去自首。

临安府差人把许宣叫去盘问，许宣吓得瑟瑟发抖，就把白娘子送他银子的事说了出来。临安府不敢怠慢，派了一批差役到双茶坊巷口去捉人。到那儿一看，有倒是有这么一幢房子，就是没人住。街坊说，原先的屋主得瘟疫，全家都死了，这屋从此闹鬼，谁也不敢进去住。

差役们进门一看，垃圾满地，灰尘堆得差不多有半尺厚。他们胆战心惊地往里走，只听得一声霹雳，惊天动地，把大家吓了个半死。等到缓过神来，再睁开眼一看，堂屋正中的地上，放着一堆蜡黄的元宝，一数，四十九锭，全是邵太尉府藏的。再加上许宣交出来的一锭，正好是邵太尉银库失窃的数目，分文不差。

差役们不死心，还想寻白娘子和小青，但翻遍了整座房子的角角落落，既不见人影，这地方也不像是住过人的样子。差役们越搜心里越害怕，只好赶紧离开，回去交差。

临安府也觉得此事蹊跷，一看银子已经追回来了，总算可以交差了，就不再继续追究了，只是把许宣发配到镇江府去干苦工。这个案子就这么糊里糊涂地了结了。

许宣的姐夫眼泪汪汪地送许宣上路，临走时摸出一封书信，叫许宣到镇江去找自己的一位朋友。这位朋友也在那里开药店，可以和许宣相互有个照应。

却说许宣到了镇江，因为有熟人照应，倒也没有多吃什么苦头。一晃半年过去了，这天他在街上散步，忽然从临街的楼上泼下一盆水来，把许宣淋成了落汤鸡。许宣好不恼火，抬起头来正想骂人，一看，却骂不出声了。你道为啥？原来楼上泼水的不是别人，正是白娘子。

许宣一见白娘子，那感受真是好比倒翻了五味瓶，什么滋味都有。白娘子连忙从楼上下来，一把就把许宣拖进了屋，编了好多谎话来骗他。她说："这银子本来是死去的丈夫留下的，我一片好心，送给你派些用场，谁知道闯了祸。又生怕被官府捉去，不好做人，所以连夜逃走，来不及救你，害你吃了这么多苦，真是过意不去。"说着说着，白娘子的眼泪像断线的珍珠一样落了下来。许宣心肠软，相信了她的话，一场风波终于过去了。

白娘子说："我这里还有点积蓄，你也不要给人家当伙计了，我们自己开家药店吧。"

于是，白娘子和许宣就在镇江开了一家药店，店名叫"保和堂"。白娘子在作坊里做药，小青在一边帮忙，许宣在前面店堂里撮（cuō）药*，生意越做越兴旺。他们夫妻恩恩爱爱，半年一过，白娘子就有了身孕。

这一年，端午节到了，白娘子心事重重，因为蛇仙最怕端午节，弄不好会现原形的。白娘子叫小青到山里去避一避，自己在

撮药
持中医处方，照方配药。

家里应付，生怕两个人都走了，许宣会起疑心。她也相信自己毕竟有千年的修炼功夫，还顶得住。

谁知道她因此大意失荆州。说起来，江南一带过端午节有个习俗，那就是家家户户都要挂菖蒲，喝雄黄酒。许宣这天特别高兴，热了一壶黄酒，掺了好些雄黄，端到房里去，一定要敬白娘子一杯。白娘子不敢喝，再三推辞，许宣不知底细，缠着非要她喝不可。白娘子想，再不喝他又要起疑心了，只好接过了酒杯。刚一喝完，她就觉得天旋地转，头昏眼花，只好到床上去躺一会儿。

许宣不放心，过了一阵子，就去掀帐子看看妻子。这一看可不得了，床上哪里还有什么白娘子，只有一条雪白的大蛇。许宣大叫一声，吓死了过去。

再说小青躲在山里，一过午时三刻，她就急匆匆地赶回家。到家一看，许宣死在了地上，白娘子还没醒。小青连忙叫醒白娘子，白娘子看见许宣竟被自己吓死了，真是伤心欲绝。她哽咽着说：'是我不小心现了原形，吓死了官人。你在这里守着，我去昆仑山盗仙草。'

昆仑山是南极仙翁的洞天福地，山上有一种可以起死回生的灵芝仙草，平时由鹿童、鹤童看管，谁也不敢偷盗。白娘子为了救许宣，顾不得了，冒着生命危险，上山盗仙草。这一盗，被鹿童、鹤童发现，双方进行了一场恶战，白娘子节节败退，眼看就要招架不住了，正好南极仙翁赶来。他见白娘子一片苦心，不觉发了慈悲，就送给她一株灵芝仙草。

许宣吃了仙草，又活了过来。他朝白娘子看看，看她眼泪汪汪的，好不可怜，一时心慌意乱起来。白娘子到底是人还是蛇？

他也弄不清。白娘子也看出了许宣的心思，就朝小青眨了眨眼睛，小青连忙过来说："端午节那天，我看见一条龙从娘子房里飞出去，这可是我们许家的好兆头哇！"经小青这么一说，许宣才打消了疑虑，以为自己当时一定是看错了。

俗话说，好事多磨。白娘子和许宣夫妻恩爱，有一个人却在恨得咬牙切齿。谁？法海和尚，它是乌龟精变的。当年它和白蛇抢月华*，抢不过白蛇，白蛇因此修炼成了仙，所以它一直怀恨在心。后来它到了西天，躲在如来佛莲座底下听经，几年下来，倒也学了点本事，就来报仇啦。它摇身一变，变成了法海和尚，在镇江金山寺做起了方丈。

七月十五日，金山寺做盂兰盆会*，烧香的人多得不得了，许宣也去了。法海和尚一见许宣，知道机会来了，就对许宣说："许宣，你大难临头啦。你知道吗？你的老婆是个妖精！"

许宣不相信，扭头就走。

法海一把拉住他，又说："老实告诉你，她是白蛇变成的。你还蒙在鼓里呢。"

听到这句话，许宣有点动摇了，他还记得端午节那天娘子的床上盘着一条大白蛇。这究竟是怎么回事？到现在，他还没弄清楚。于是，法海得寸进尺，继续向他强调，白娘子就是白蛇，还要许宣出家做和尚。许宣想想白娘子对自己一片真情，如今又有了身孕，怎么可以撇下她不管呢？他死活不肯做和尚。法海冷笑一声，索性把许宣关了起来。

白娘子在家里等许宣，左等等不来，右等等不来，知道出事了，就和小青二人到金山寺去找。法海和尚看见冤家对头来了，二话不说，举起禅杖就劈了过去。白娘子也认出了法海就是乌龟

月华
月亮照射到云层时发生衍射，在月亮周围形成的彩色光环。

盂兰盆会
每年农历七月十五日，俗称中元节，亦称盂兰盆节。当天有大型祭祀仪式，称盂兰盆会。

精，和小青一起，跟法海和尚乒乒乓乓地打了起来。

本来白娘子是打得过法海和尚的，谁知道乌龟精手脚不干净，在如来佛那里听经的时候顺手牵羊，偷走了如来佛的三件宝贝：金钵、袈裟和青龙禅杖。现在他手里的禅杖就是如来佛的法宝，当然法力无边。白娘子也有了身孕，越到后来，她就越有些气喘吁吁，吃不消了，只好退了下来。

可是白娘子不甘心，她想起金山寺在江边，就到龙宫去借虾兵蟹将，发动大水淹没金山寺，逼法海和尚交出许宣。

眼看江水越涨越高，金山寺快被淹没时，法海和尚脱下了身上的袈裟，往寺门外一送，袈裟就把江水给挡住了。白娘子看看斗不过他，只好收兵，回西湖去修炼，准备过些日子再来报仇。

再说许宣被法海和尚关在金山寺后，越想就越生法海的气。他想："我和白娘子是蛮好的一对夫妻，要你一个出家人夹进来做啥？"所以，怎么也不肯做和尚。终于，他寻到一个机会，从后门溜了出来，急匆匆地赶回到保和堂。可是，白娘子和小青都不见了。怎么办呢？再一想，法海和尚很霸道，他要是追到镇江城里，可就不好办了。许宣东想西想，最终决定回杭州。

这一天，许宣走到了西湖断桥边上，一时触景生情，和白娘子第一次见面的情景依旧历历在目，想想如今却孤身一人，不禁悲从心起，便在断桥边上号啕大哭起来。哭着哭着，忽然听得耳边有个熟悉的声音在喊他："官人，官人！"

许宣抬头一看，不觉愣住了，原来白娘子和小青两人正站在他身边呢。他们夫妻俩历尽千辛万苦，终于又在断桥相会，真是百感交集。寒暄了好一阵子，最后一同来到许宣姐姐家中，住了下来。

又过了一段时间，白娘子生下一个小官人，白白胖胖的，人见人爱。

小官人做满月这一天，来了许多亲戚朋友，客厅里张灯结彩，摆满了酒菜。许宣正想给白娘子打扮打扮，好出来见客人，忽听得门口有人在喊"卖金凤冠……"，便赶忙出去，从货郎手里买来一顶玲珑剔透、晶光锃亮的金凤冠，高高兴兴地拿去给白娘子，要她戴了去见客人。

谁知道这顶金凤冠是法海和尚的金钵变成的，法力无边。白娘子一时大意，戴到了头上。这金凤冠顿时变成了金钵，越来越重，越来越重，白娘子被压得越来越小，越来越小，最后变成了一条白蛇，被金钵罩住。

法海和尚从门口闯了进来，朝许宣冷冷一笑，说道："你看见了吧，你的老婆是白蛇变的。我要造一座雷峰塔把它压在下面。将来除非雷峰塔倒，西湖水干，否则，白娘子休想翻身！"

后来，小青逃到深山去练功，练了好多年，看看练得差不多了，就到杭州找法海和尚决斗。小青和法海恶战了七天七夜，终于惊动了如来佛。

如来佛一查，哎呀，怎么三件宝贝不见了！得知是乌龟精偷去的，便赶到西湖边，伸出手来一招，把金钵、袈裟和青龙禅杖一股脑儿地收了回去。

这么一来，形势大变，金钵一收走，雷峰塔"哗啦啦"地倒塌下来。白娘子乘机从塔底跳出，和小青两人合力攻打法海。法海和尚手里的青龙禅杖没有了，还有啥威势？他想逃，已经来不及了，被白娘子飞起一脚，踢到西湖里去了。可是，西湖水也被白娘子抽干了。法海和尚只好往东逃，没地方好躲，又往西逃，还是没地方好藏，正在走投无路的时候，突然看见有只螃蟹在湖底下爬，就"嗖"的一声钻到蟹的肚脐眼里去了。

从此以后，法海和尚一直躲在螃蟹的肚脐眼里，再也不敢出来了。如今，你只要揭开螃蟹的背壳，还可以看见这个秃头和尚呢。

【故事来源】

"白蛇传"是中国四大民间传说之一。明朝冯梦龙《警世通言·白娘子永镇雷峰塔》是这个传说较早的一种定型文本。明清两代又有不少戏曲、弹词和宝卷演唱这个传说，情节渐趋丰富。本文主要依据《警世通言·白娘子永镇雷峰塔》，并参考后世流传的各种异文综合译写。

蓝姐急智

故事发生在南宋绍兴十二年（1142年）。京东*人王知军一家为了逃难，离开家乡一路南下，来到了临江新淦（gàn），也就是今天的江西新干。由于一时找不到合适的住处，他们就去青泥寺借宿。这个寺院规模很大，寺里空着不少厢房，但离城镇太远，加上时局不稳，盗贼出没，很不安全，所以知道底细的人不敢轻易去住。

王知军初来乍到，人地生疏，只好将就着住了下来。进寺院的时候，沉甸甸的行李挑了一担又一担。周围的人见了，就聚在一起议论，说这个人很有钱，于是，一传十，十传百，四乡八里的人都知道了。

有一天，王知军请了附近的客人聚会，酒席一直到半夜才散。夫妻两人都喝得酩酊大醉，一送走客人，倒头就睡着了。不一会儿，三十几个强盗闯进来，一个个手持钢刀，气势汹汹，三下五除二，就把王知军的几个儿子和家中的奴婢全都捆绑了起来，恶狠狠地威胁他们，要他们交出钱财。

其中有个丫鬟，一向喜欢多嘴，一见这种情景，嘴巴就痒了，忍不住大声说："哎哟哟，这种事跟我们底下人有什么相干！老爷的事，都归蓝姐一个人操持。有多少钱财？放在哪里？别人

> **京东**
> 北宋覆亡后，赵构在南京应天府（今河南商丘）称帝，史称南宋。这里的京东，即指都城应天府以东。

不知道，只有蓝姐一个人知道。你们去找她吧！"

蓝姐是谁？原来她是主人最信得过的丫鬟，年纪轻轻的，办事却很老练，里里外外的钥匙全归她一个人管。现在她一看这情势，知道躲也躲不过了，伸头是一刀，缩头也是一刀，咬咬牙，索性站了出来，对盗贼们说："主人家的财物都归我管。今天你们既然开口要了，不给你们也不行，给就给吧。你们要拿，就跟我去拿。不过老爷和太太都睡熟了，请你们轻点儿，千万别惊醒了他们，免得麻烦。"

盗贼们一听，个个露出了笑容，过来给她松了绑，催她带路。

蓝姐不慌不忙，举起桌上的一支大蜡烛，引着盗贼们走进西面的一间厢房，指着堆在床上的许多箱子，对他们说："喏，好东西全在这里。这是金银酒器，这是绫罗绸缎，这几箱是上好的衣服。"

说罢，她拿出钥匙，殷勤地替他们一一打开。她一边开箱子，一边介绍，介绍得很是认真，就像是盗贼的同伙儿似的。盗贼们一见这么多好东西，个个眼睛都红了，一窝蜂地扑上去，七手八脚地忙着抢东西。蓝姐帮他们扯来一条被单布做包袱，盗贼们把那些金银器皿全都踩扁，一股脑儿地塞进包袱。蓝姐在边上指指点点，帮着出主意，蜡烛燃尽了，又去找来一支，重新点燃起来，替他们照亮。盗贼们最后心满意足地走了。

不久，王知军醒了。蓝姐把家中遭到抢劫的事一五一十地说了一遍，同时又帮其他人一一松绑。

第二天，王知军赶到新干县去报案。县里不敢怠慢，将此案立刻又报告到郡里，郡里派人四处捉拿盗贼，可就是找不到盗贼的踪影。

王知军经历了这么一场劫难,心中一直闷闷不乐,不久就生起病来。蓝姐一边端茶送水,小心照顾,一边悄悄地对他说:"老爷,你不用太担心,这些盗贼没那么了不起,不出三天,就可以全抓住了!"

一听这话,王知军顿时发起脾气来,开口骂道:"你一个女孩子家知道点啥,真是吃了灯草——说得轻飘。当初要不是你把家中的财物都给了盗贼,我还不至于有这么大的损失呢。现在倒说起风凉话来了,官府都没有什么办法,你有什么办法?"

蓝姐却笑着说:"嘻!老爷有所不知,这三十几个强盗都穿着白布袍,我拿蜡烛去给他们照亮的时候,故意晃动烛台,把蜡烛油都滴在了他们的背上,三十几个人,一个也没漏掉。当时他们忙着抢东西,谁都没有留意这个。我估计他们还穿着这种衣服呢。你去跟官府说一声,让他们根据这个标记去捉人,可能可以一网打尽。"

王知军一听,高兴得跳了起来,病也好了一半,连连夸奖蓝姐聪明,居然能临危不惧,急中生智,想出这么个好办法来。他赶紧把这个秘密报告给了官府。不到两天工夫,果然就在一个牛棚里抓到了七个人,接着继续跟踪追查,最后三十几个盗贼一个也没有逃脱。他们劫去的财物也都还在,一点儿也没有丢失。

【故事来源】

据宋朝洪迈《夷坚丙志》卷十三译写。

十五贯

南宋时候,京城临安城里,箭桥堍(tù)下,有个读书人,名叫刘贵。此人喜欢杯中之物,吃饱了老酒,喜欢说说笑话,稀里糊涂,得过且过;做事情也三心二意,读书读不进,改行做生意,做生意又总是蚀本,本钱越做越少,日子越来越难过。刘贵有两个老婆,大老婆姓王,小老婆姓陈,没有小孩,倒也清爽。

那天,大老婆的父亲做生日,刘贵和大老婆一道去祝寿。丈人王老头是个好心人,见女婿穷困潦倒,有心要拉他一把,就拿出十五贯钱来,对他说:"这十五贯钱,说多不多,做做小本生意还是绰绰有余的。你先拿了回去,准备准备。你老婆这几天就留在这儿吧,也好让她散散心。等你开张那天,我送她回去,到时候再给你十贯钱,总够了吧。"

刘贵一听,好不高兴,驮了十五贯钱,千恩万谢,就先告辞回家了。半路上,他去看望一个朋友,请他来做伙计,一起开店。那个朋友本来也闲着在家里,听说有事情做,自然喜出望外,当即备了酒菜,一定要拉他喝几盅。

这一喝,不醉是不肯罢休的。眼看天色已黑,刘贵才驮着钱,跌跌撞撞地回家去了。

小老婆陈氏听见有人敲门,开门去接,只觉迎面一股酒气冲来，知道丈夫又喝醉了，连忙先接过刘贵肩上驮着的十五贯钱，放在桌上，随口问了一声："官人哪来这么多钱？"

却说这刘贵一向落拓不羁，喜欢没大没小地开玩笑，现在又喝醉了酒，就越发口无遮拦了。他嬉皮笑脸地对小老婆说："你问哪来这么多钱？天上不会掉下来，地下不会长出来，跟你实说了吧。你男人没本事，活不下去了，只好把你典给别人，典了十五贯钱，准备开店做生意。倘若生意顺手，赚了钱，再把你赎回来；倘若运气不好，又亏了本，恐怕我们就做不成夫妻啦！"

这话对陈氏来说，恰似晴天霹雳！她半天都不敢相信，可是桌子上这十五贯钱明摆着。她又一想："这小老婆真不被当成人啊，男人想骂就骂，想卖就卖，这活着还有什么滋味？"她想再问问清楚，可那刘贵早已倒在床上，呼呼入睡了。

陈氏越想心里越乱，她忽然想到，这事总得告诉自己的爹娘才是，万一有个三长两短，也好让爹娘替自己做主。于是，她把桌上的十五贯钱归归拢，堆放在刘贵的脚后跟，收拾几件随身衣服，打了个包，把门轻轻带上了。她去隔壁邻居朱老三家把这事说了一遍，说自己要回娘家，让自家男人明天到她娘家去领人。然后，她在朱家过了夜，第二天天一亮，就一个人悲悲戚戚地上了路。

再说刘贵喝醉了酒，睡到后半夜还没醒，家里却出事了。有个坏人，赌输了钱，夜里出来做手脚，走到刘贵家门口，手一推，门没有锁死，是虚掩着的，就进去了。来到卧室，看见刘贵床上有钱，抽了几贯就想溜，却偏偏惊动了刘贵。刘贵见有人偷钱，当即起身跟他争夺。小偷拔腿就逃，刘贵穷追不舍。到了厨房，小偷正好看见地上有一把劈柴刀，一时情急，拾起柴刀转身就砍，一气乱砍了好几刀，刘贵鲜血直流，倒在地上，再也起不来了。小偷一看,人也死了,索性一不做二不休,又转身回到卧室,把床上的十五贯钱全都收拾了,扯条被单包一包,扛在肩上,一走了之。

第二天,隔壁邻居见刘家没有开门,觉得奇怪,便进去看看。这一看,可不得了,刘贵死在了地上。朱老三见此情景,连忙过来说,刘贵的大老婆回娘家去了,小老婆昨夜在我家过夜,说是男人要卖她,她今早也回娘家去了。街坊邻居一商量,觉得这事非同小可,立即兵分三路,一路去报官,一路到他大老婆家报讯,一路去追他的小老婆。

再说小老婆陈氏,一大清早就出了朱老三家门,一路哭哭啼啼地往娘家走,走不上几里路,早已脚痛难耐,便在路边找了个石头,坐下来歇脚。说来也巧,这时候走过来一个年轻小伙子,名叫崔宁,背上驮了一个搭膊*,里面沉甸甸的全是铜钱。他眉清目秀,打扮得整整齐齐,见了陈氏,就与她攀谈了起来。

原来,这个崔宁和陈氏是同村人,昨天进城卖丝,收了几笔钱,正要回去,就和陈氏结伴同行。才走了没多远,后面就有人气喘吁吁地追了上来。一看,原来是刘贵家的邻居。邻居说大事不好,昨天夜里刘贵被人杀死了,要陈氏务必跟他们回去。陈氏不相信,死活不肯回去。正在纠缠不休,崔宁一听,觉得这事有些麻烦,连忙对他们说:"你们好好商量吧,这事与我无关,我要先走了。"说罢,转身要走。

那几个街坊自然不肯放他走,一把拉住他,说:"走不得。她家出了人命案子,你跟她一男一女,结伴同行,究竟有什么勾当,谁知道?怎么可以拍拍屁股,一走了之呢?"

在大路之上,他们吵吵闹闹,拉拉扯扯,引来看热闹的过路

搭膊
一种长方形的布袋,中间开口,两端可盛钱物,系在衣外做腰巾,也可肩负或手提。

人也越来越多，大家七嘴八舌，都说："平日不做亏心事，半夜敲门心不惊。有关系没关系，回去见了官府再说。你们两人今天非得跟他们回去不可。"没办法，崔宁和陈氏只好跟街坊回城。

这场官司终于闹到了临安府。临安府尹升堂一审，先要查一查崔宁搭膊里装的铜钱。说来也巧，打开搭膊一看，不多不少，正好也是十五贯。临安府尹脸一板，惊堂木一拍，当即审问陈氏："你如何勾结奸夫，谋害亲夫，抢了十五贯钱一起逃跑的。快快从实招来！"

陈氏连连喊冤，说："自家男人昨夜回来，说得清清楚楚，这十五贯钱是将我典给人家得来的。我想想命苦，连夜逃出来，在朱老三家借宿一夜，今天一早想回娘家去。我走的时候，男人睡在床上，十五贯钱也放在床上，一文不少。再说这位官人，是半路上碰上的，跟这事就更不相干了。"

临安府尹哪里肯相信，振振有词地当堂分析起来："这十五贯钱，你家大娘子明明说是丈人送给女婿做本钱的，你偏说什么是典妻的身价钱，可见你这个人不老实，这是其一。你丈夫一死，床上的十五贯钱不见了，现在崔宁身上不多不少，正好有十五贯钱，岂不是铁证如山？这是其二。你们两人，一男一女，年纪轻轻，大清早结伴同行，我就不相信会这么清白，这是其三。嘿嘿，老爷审案，今天又不是第一天，什么样的刁民没见过！来人哪，给我大刑伺候，看你们这对狗男女老实不老实！"

府尹一声令下，衙役们如狼似虎般地扑了上来，对着他们一阵严刑拷打。两个年轻人哪里受得了，只得屈打成招。临安府尹得意扬扬，自以为又做了一回清官，当即呈报朝廷。朝廷批复下来的结果是处死两人。于是，他们就这样莫名其妙地死了。

其实呢，这是一桩冤案。仔细一想，有几个漏洞是十分明显的。如果陈氏真的勾结崔宁，杀了丈夫，她那天晚上还会在朱老三家借宿一夜，一直到天亮才动身吗？崔宁搭膊里的钱，本人申诉说是卖丝得来的，这也不难核实，临安城里几家丝行，一问就清楚了，天底下的铜钱银子都是差不多的，光凭数目一样，就说是他抢的钱，岂不是太武断了！偏偏这个临安府尹自以为是，糊里糊涂地就断送了两个人的性命。

不过天网恢恢，疏而不漏，这桩冤案最终还是真相大白。那是在一年之后，刘贵的大老婆王氏回娘家，半路上遇上个强盗拦路抢劫，把王氏抢去做了老婆。两人做了一段时间夫妻后，有一天，这强盗偶然说起他就是杀死刘贵、抢走十五贯的真凶。王氏一听，新仇旧恨一起涌上心头，就找了个机会溜出来，到临安府告状。正好临安府尹换了个新官，官府派差役把那强盗抓来，一经审问，果然如此。于是，官府又呈报朝廷，说明缘由。朝廷批复下来，这个强盗被就地正法。原先的临安府尹断狱糊涂，草菅人命，也严加处分，被削职为民。崔宁和陈氏枉死可怜，要想办法体恤他们的家人。强盗的家产，一半被充公，一半判给了王氏。

经过这么一场波折，王氏心灰意冷，后来竟出家做了尼姑。而这个"十五贯"的故事，却从此流传开来。

【故事来源】

据清朝俞樾(yuè)《春在堂随笔》卷十译写，同时参考明朝冯梦龙《醒世恒言》卷三十三《十五贯戏言成巧祸》，进行了增补。20世纪50年代，浙江京昆剧团整理演出昆剧《十五贯》曾轰动一时，流传甚广。

放翁钟情

陆游,字务观,号放翁,山阴(今浙江绍兴)人,南宋著名的大诗人。他的诗词风格豪迈,洋溢着爱国热情,一向为人推崇。

二十岁那年,陆游娶他的表妹唐琬为妻,唐琬称陆游的母亲为姑妈,这是亲上加亲。他们夫妻相敬相爱,情深似海,旁人见了,都称赞他们是郎才女貌、天造地合的一对。

谁知道世事难料。婚后不久,陆游就发现唐琬和母亲合不来。婚前,她俩是姑侄,婚后就是婆媳了。合不来就是合不来,清官也难断家务事。那个时候,做婆婆的是很厉害的,一发火,就逼着儿子马上把媳妇休掉。陆游是个孝子,觉得不能违拗自己的母亲,只好含泪写了一封休书,让唐琬回娘家去。

不过,陆游毕竟舍不得和唐琬分离,于是就想了个办法,瞒着母亲,在城外租了一座房子,让唐琬去住,自己不时去看望她,假离真不离,也算是个两全之策。

谁知道天下没有不透风的墙。不知怎么着,这事让陆游的母亲知道了。老太太气得够呛,颤巍巍地吩咐立即备轿,带着一班家人,要到城外那座房子里去兴师问罪。

幸好陆游预先得到讯息,派人通风报信,让唐琬回娘家去躲避风头,事情才算没有闹得太大。但经过这么一闹,陆游再也不敢留唐琬，只得和唐琬真的分离了。

后来，由唐琬的父母做主，唐琬又改嫁给当地的一个读书人赵士程。

有一年春天，唐琬夫妻到郊外春游，来到禹迹寺南面的沈家花园，凑巧看见陆游也在沈园游览。唐琬就把这事说给自己的丈夫听，说是希望能和陆游见见面。赵士程倒也是个通情达理的人，也久闻陆游大名，知道他是个才子，所以一口答应，主动邀请陆游过来一起坐坐，喝几杯酒。

陆游过来，见到了自己的前妻唐琬，不觉感慨万千，心里像打翻了五味瓶，什么滋味都有。他默默地朝唐琬看了好一阵子，见她泪眼蒙眬，自己一时也不知道说什么才好，索性提起笔来，在雪白的墙壁上题了一首《钗头凤》：

红酥手，黄縢酒，满城春色宫墙柳。东风恶，欢情薄，一怀愁绪，几年离索。错，错，错！

春如旧，人空瘦，泪痕红浥(yì)*鲛绡(jiāo xiāo)*透。桃花落，闲池阁。山盟虽在，锦书难托。莫，莫，莫！

浥
湿润。

鲛绡
亦作"鲛鮹"，指传说中鲛人所织的绡，借指薄绢、轻纱，或毛帕、丝巾。

词意缠绵悱恻，字里行间，处处流露出他的悔恨之情。只是事到如今，后悔也已经来不及了。这一年是绍兴二十五年（1155年），陆游三十一岁。

陆游住在鉴湖的三山。晚年的时候，他每次进城，都要登上禹迹寺，眺望沈园，一想到那次在沈园和唐琬最后一次见面的凄哀情景，就不觉悲从中来，心痛如刀绞。为了这事，他又写过两首诗：

> 梦断香销四十年，沈园柳老不飞绵。
> 此身行作稽山土，犹吊遗踪一怅然。

> 城上斜阳画角哀，沈园无复旧池台。
> 伤心桥下春波绿，曾是惊鸿照影来。

这一年已是庆元五年（1199年），陆游七十五岁，距离上次在沈园与唐琬见面，已经有四十四年了。

再说，那一年唐琬与陆游在沈园偶然见面，对唐琬也有很大的震动，尤其读了陆游的《钗头凤》之后，更增添了她的无限伤感。可是她又无力改变自己的命运，从此抑郁成病，终日以泪洗面，不久就离开了人世。

绍熙三年（1192年），陆游曾写过一首诗，诗前还有一段小序："禹迹寺南，有沈氏小园，四十年前尝题小词一壁间，偶复一到，而园已三易主。读之怅然。"这首诗是这样写的：

> 枫叶初丹槲叶黄，河阳愁鬓怯新霜。
> 林亭感旧空回首，泉路凭谁说断肠。
> 坏壁醉题尘漠漠，断云幽梦事茫茫。
> 年来妄念消除尽，回向蒲龛一炷香。

这是一首悼念唐琬的诗，写出了陆游在唐琬死后感受到的空虚和渺茫。在诗里，陆游把自己比作担任过河阳令的西晋文人潘岳，潘岳正是以写《悼亡诗》而闻名的。

到了开禧元年（1205年）的冬天，陆游已经是八十一岁高龄

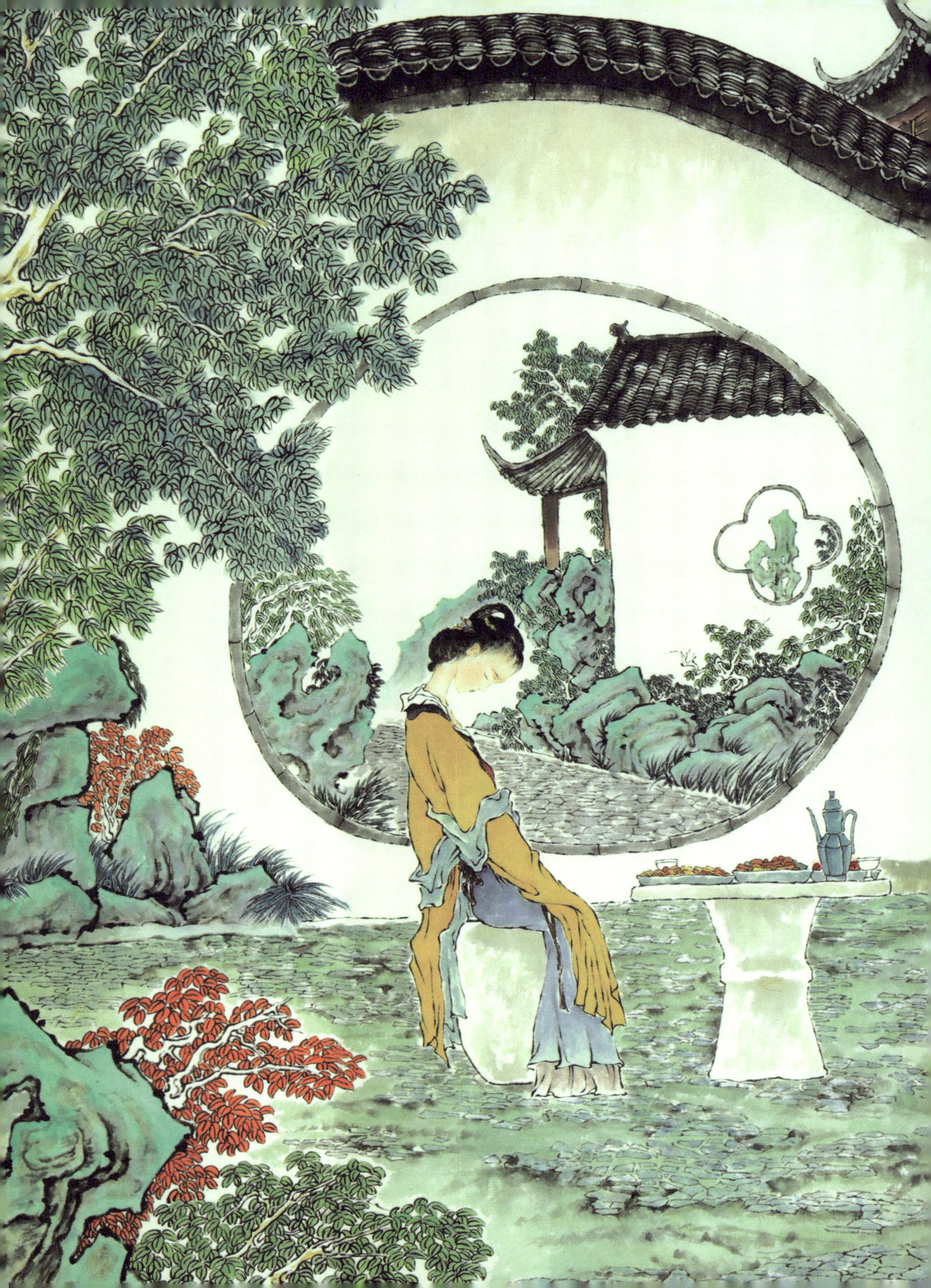

红酥手黄縢酒满城春色宫墙柳东风恶
欢情薄一怀愁绪几年离索错错错春如
旧人空瘦泪痕红浥鲛绡透桃花落闲池
阁山盟虽在锦书难托莫莫莫

了，他夜里做梦，又梦见了令人难忘的沈园，醒来之后，百感交集，又写下了两首诗：

路近城南已怕行，沈家园里更伤情。
春穿客袖梅花在，绿蘸寺桥春水生。

城南小陌又逢春，只见梅花不见人。
玉骨久成泉下土，墨痕犹锁壁间尘。

沈园主人后来把花园卖给了一户姓许的人家，再后来沈园又成了汪之道家的后花园。不过，人们记得沈园是因为这里有诗人陆游这样一段难忘的故事。

【故事来源】

据宋朝周密《齐东野语》卷一译写。《钗头凤》词和《沈园》诗也早已广为流传，成为名作。京剧、话剧《钗头凤》、越剧《陆游与唐琬》、电影《风流千古》等，皆是在这个故事的基础上生发而成。沈园，在浙江绍兴南街洋河弄，至今仍是人们流连忘返的风景名胜地。园中小池，以及池上石桥、池畔假山，据说都是陆游与唐琬相遇时的旧迹。现有陆游纪念室，陈列着陆游遗著、画像及有关资料。

陈亮访稼轩

陈亮，字同甫，人称龙川先生，婺(wù)州永康（今属浙江）人，是南宋有名的思想家、文学家。当年他力主抗金，屡次被捕入狱，出狱后仍旧慷慨激昂，曾经以"推倒一世之智勇，开拓万古之心胸"自许。说起他和大词人辛弃疾（号稼轩居士）之间的友谊，这里有几段小故事。

当初，陈亮听说辛弃疾的大名，就骑马去拜访他。过一座小石桥的时候，他的坐骑惊吓起来，三次奔到桥头，三次扬起前蹄，硬是不敢跃过去。陈亮顿时大怒，拔出腰间佩剑，"嚓"的一声，斩掉了马头，把马朝路边一推，头也不回地走过桥去。

这时候辛弃疾正好在城楼上巡视，把刚才这一幕看得一清二楚，心想这个人的举止不同寻常，很有些侠义之风，就吩咐手下快去打听，他到底是什么人。谁知道派出去的人还没回来，陈亮已经登门了。

看到了刚才这一幕，辛弃疾对陈亮已有了很深的印象。两人坐下来一谈，十分投机，于是成了莫逆之交。

辛弃疾在安徽带兵的时候，陈亮去拜访他，两个人一边喝酒，一边谈论天下大事。辛弃疾一向豪爽，又喝了点酒，就把心里话全都说了出来。他分析了当时南北双方的实力，说得头头是道；又说钱唐（今杭州）这个地方是绝不能拿来做帝王之都的，钱唐的地势很是不利，万一敌人把守住牛头山，天下的援兵都到不了钱唐；一旦将西湖决口，钱唐全城人都成了鱼鳖；所以，真的要想复兴，就得先迁都。

当天夜里，辛弃疾留陈亮睡在他的书房里。陈亮却翻来覆去睡不着觉，辛弃疾在酒席上的慷慨陈词一直在他耳边回响。他想：辛弃疾毕竟是一员大将，平常沉默寡言，说起话来举足轻重，他明天早上醒来，一定会发觉自己酒后失言；万一他为了保全自己，杀我灭口，我岂不冤死在这里！想到这里，陈亮悄悄地起了床，到马厩里偷出一匹骏马，飞快地逃走了。

过了一个月，陈亮写一封信给辛弃疾，说是自己有急用，要借十万缗钱。辛弃疾二话没说，就派人把这笔银钱给他送了去。陈亮这才知道自己冤枉了人，很是后悔。

后来又出了一件事，弄得陈亮差一点身败名裂，又是辛弃疾帮了他大忙。从此以后，陈亮对辛弃疾更是佩服得五体投地。

事情是这样的。有一次，陈亮和甲、乙两个书生在一起饮酒玩乐，旁边还叫了个妓女作陪。大家喝醉了酒，胡言乱语起来。甲生一时狂妄，就说要册封这个妓女做妃子，乙生是个阴险毒辣的小人，有意想陷害陈亮，就在一旁怂恿，故意问道："既然册封了妃子，谁来做宰相？"甲生用手一指："喏，陈亮做宰相。"乙生又问："那么我做什么？"甲生就说："你做右宰相，陈亮左宰相，我有了两个宰相，还有什么事办不成？"乙生索性一不做二不休，当场演起了戏，把甲生推到一把高椅上，扮演起皇帝的角色来，并拉着陈亮，扮作宰相，煞有介事地上殿奏事，山呼万岁。那个妓女"咿咿呀呀"地唱起了一首《降黄龙》，以表示祝贺。甲生也神魂颠倒地居然过了一把"皇帝"瘾。说起来这不过是逢场作戏，酒后胡闹，当不得真的。谁知道乙生却到刑部去递了个自首状，把陈亮和甲生都告发了。

偏偏朝廷里有个何澹，一向忌恨陈亮，现在抓住把柄，便大做文章。他把陈亮和甲生都抓进大狱，说他们想造反，严刑拷打，直打得鲜血淋漓，体无完肤。

消息传来，辛弃疾立即挺身而出，千方百计营救陈亮。当时的丞相王淮也觉得陈亮是个人才，就和辛弃疾一起到皇帝面前说情。宋孝宗特地派人到永嘉，调查此事，把事情的经过摸得一清二楚。宋孝宗这才说道："秀才醉了，胡说乱道，何罪之有？"把刑部的奏章掷在地上，陈亮和甲生的性命这才脱离了危险。

却说陈亮入狱之后，他的许多好朋友吓得瑟瑟发抖，生怕受牵连，没有一个人敢站出来为陈亮辩解，只有辛弃疾为他出了大力。出狱之后，陈亮给辛弃疾写了一封言辞恳切的长信，对辛弃疾感激万分。

【故事来源】

据宋朝赵溍(jìn)《养疴(kē)漫笔》和叶绍翁《四朝闻见录》综合译写。

真假叶适

南宋永嘉学派的代表人物叶适,是闻名遐迩的大学者,博古通今,名气极大,人称水心先生。朝廷上下,都非常尊重他。

那一天,当朝权贵韩侂胄(tuō zhòu)大人特地请水心先生到他府上做客。宾主相对,谈论学问,兴致正浓的时候,仆人送上来一张名片,说是门外有贵客求见。

韩侂胄拿起名片一看,上面端端正正写着"水心叶适候见"六个字,不觉愣住了。咦!叶适先生不是明明已经坐在堂上了,门外怎么会又来一位叶适呢?光天化日之下,谁敢假冒鼎鼎大名的叶适?真是昏了头。旁边几位客人一听,也个个纳闷儿,觉得这种事从来没有遇见过。

韩侂胄毕竟老谋深算,一捋胡须,笑呵呵地说:"敢冒用叶先生大名的人,绝非等闲之辈。我今天倒要见识见识,先让他进来吧。"

不一会儿,假叶适慢悠悠地走了进来。他仪表堂堂,气度不凡,是个十足的读书人。韩侂胄只当不知道他不是真叶适,还是按照客人的礼节,客客气气地接待了他。

假叶适坐下,看过茶,韩侂胄故意举出真叶适当年写过的几篇文章跟他攀谈,有意要掂掂他的分量。谁知那人神色一点也不慌张，淡淡一笑，不以为然地说："哦，那都是我年轻时写的习作，时过境迁，如今回过头去看看，感到有些浅薄，所以最近我用心改了一稿。"

说罢，那人随口朗诵了几段。俗话说，不怕不识货，只怕货比货。众人一听，都觉得非常精彩，确实比叶适的原作高出一筹。这样一来，韩侂胄再也不敢轻视他了，连在座的这位真叶适也有些尴尬起来，脸上有些挂不住，心想："这事要是传扬开去，说假叶适的文章写得比真叶适强，这可怎么交代？"

韩侂胄出来打圆场，先请客人到后院去吃饭。吃过饭，又拿出一幅画着杨贵妃的画，请客人在上面题个跋。

客人冷冷一笑，毫不客气地提起笔来，蘸一蘸墨，不假思索，一挥而就。一看，他题的跋是这样几句：

> 开元天宝间，有如此姝。
> 当时丹青，不及麒麟凌烟，而及诸此，吁！
> 世道判矣。水心叶某跋。

文字简练，气势非凡，话中有话，令人深思，又不过分，还极有情感。

韩侂胄越读越觉得回味无穷，一高兴，索性再拿出一本著名书法家米芾的帖来，请他题跋。客人端详了一会儿，又提起笔来，在帖的后面添上了一段文字：

> 米南宫笔迹，尽归天上；犹有此纸，散落人间。吁！
> 欲野无遗贤，难矣！

这段题跋非但辞简意赅,一气呵成,而且道出了作者对世事的感叹,入木三分,令人震惊。接下去,这个假叶适文思泉涌,又一连题了几幅字画,在座的客人对他佩服得五体投地,觉得这个不速之客实在是不可多得的奇才!

韩侂胄自然高兴,不过再一细想,又不对了,这个人才华横溢,又何必假冒叶适的大名呢?就把他拉到一边,悄悄地对他说:"你知道吗?那边坐着的这位,才是大名鼎鼎的水心叶适。难道天下真有两个叶适的吗?"

这个假叶适似乎早就料到会有这个结局,他既不慌张,也不羞愧,只是深不可测地微微一笑,又十分恳切地对韩侂胄说:"韩大人,恕我斗胆进言:天下的文人学士,本领跟叶先生不相上下的,人数之多,无法用车载、用斗量,可是他们都眼睁睁地被埋没了。英雄无用武之地,岂不令人惋惜!今天在下要是不假冒叶先生的大名,大人能这样客气地接待我吗?"韩侂胄半晌说不出一句话来,对他越发器重了,当场表态希望能重用他。

这个假叶适是谁?原来他叫陈谠(dǎng),是建宁*人,后来还考中进士了呢。

建宁
今福建建瓯(ōu)一带。

【故事来源】

据元朝白珽(tǐng)《湛渊静语》卷二译写。

嫁金蚕

池州（今安徽池州市贵池区一带）当年有个进士，名叫邹阆(làng)，家中虽然十分清贫，却生就一副硬骨头，从来不做什么非分之事，四乡八里都说他是个正派人。

有一天，邹阆要出远门。天刚亮，一打开大门，便见门口放着一只小笼子，用箬(ruò)竹编成的，没有上锁。再一细看，嗬，不得了！里面竟是几十件亮晶晶、光灿灿的白金酒器，估摸着有一百多两重吧。邹阆想：什么人这么粗心大意，把这么贵重的东西丢失在这里？于是，他老老实实地在门口等候失主。

一等等到大天亮，街上来往行人已经很多了，可就是没有人过来认领。这是怎么回事呢？邹阆心里一动，把这只箬笼搬进了大门，对妻子说："你说怪不怪，这么一笼子的金器，居然无缘无故来到了我家门口。难道说这是我邹阆时来运转，老天爷特地要赏赐给我的吗？"

嘿！说来也怪。他的话还没说完，忽然觉得左边的大腿上有一样东西在蠕动着，低头一看，咦！竟是一条金光闪闪的蚕宝宝。邹阆奇怪极了，来不及细想，就用手把这条金蚕拨到地上去。谁知道他的手刚一缩回来，那金蚕竟又在他的大腿上爬了。邹阆心里一慌，赶紧再用手去把金蚕撑掉，马上又用脚去踩，把

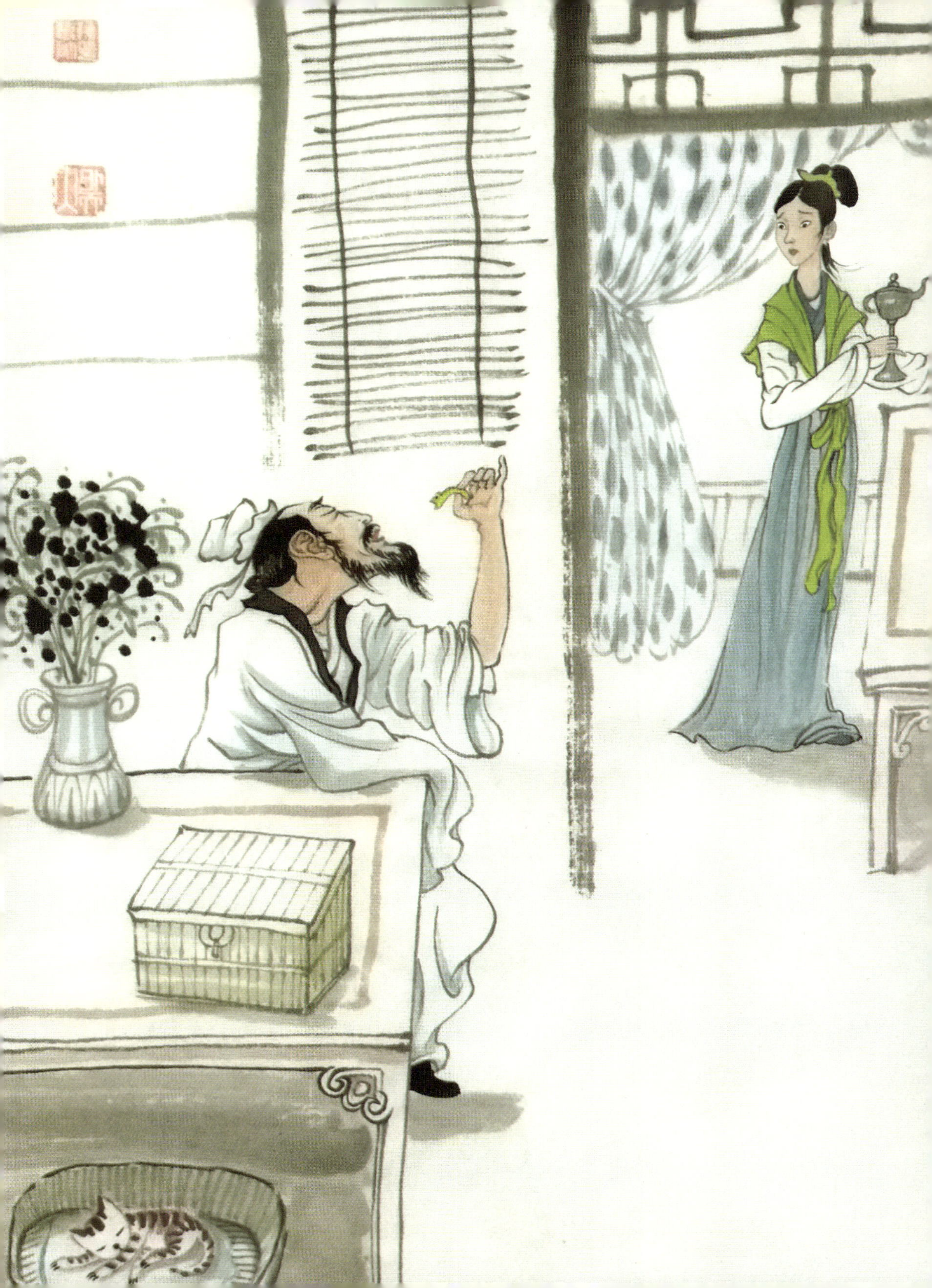

金蚕踩得粉碎。他想，这回总没有事了吧。可是他刚一抬脚，那条神奇的金蚕竟在邹阆的胸前蠕动了。

哎哟哟，这可怎么办呢？邹阆一发狠，把金蚕捉住，丢进波涛汹涌的大江，可金蚕照样安然无恙地回来了；再把它扔进熊熊燃烧的烈焰中，它还是完好无损；用刀劈，用斧砍，都伤害不了它。从此以后，邹阆走到哪里，金蚕就跟到哪里，无论吃饭、睡觉，金蚕总是跟他形影不离，一直在他身上蠕动着。邹阆受不了啦，就去拜访一位很有见识的好朋友，请他想想办法。

他的朋友见多识广，滔滔不绝地说出一番缘由来，并神色严肃地对他说："邹阆呀，你这次可上了别人的当啦！你知道吗，这是金蚕，一种神奇的动物，最近才流传到我们这一带来。你别看它小，危害可大着哩，一旦被它爬进肚子里，可不得了，它会把人的五脏六腑吃个精光，然后再爬出来。"

这么一说，邹阆越发害怕了，就把那天早晨在大门口捡到一只装满白金酒器的箬笼的事，一五一十地告诉了这位好朋友。

好朋友一听，又笑着说："噢，我明白了，原来是这么回事。你要是能办到一件事，就能在顷刻之间成为大富翁了。这种金蚕跟普通的蚕宝宝不一样，它不吃桑叶，却每天要吃四寸蜀锦，你得按时喂它。你再把它的粪收起来，晒干之后，磨成粉末，只要稍微放一点点在食物之中，人吃了马上就会死掉。你要是能满足金蚕的要求，它就能每天为你取来别人的财宝，不出几个月，包你发大财。"

邹阆不禁笑了起来，斩钉截铁地说："我是绝对不会去干这种缺德的事。"好朋友说："我也知道你不会这样做。不过，你又能怎么办呢？"邹阆想了一想，说："我把这条害人的金蚕和原先那些白金酒器放在一起，重新装进箬笼，丢到野外去，这不就没事了吗？"

好朋友连连摇头，对他说："不行不行，你也太天真了。要知道这里面有一个规矩，谁收养了金蚕，时间一长就能富起来，然后要用好几倍的利息，加上金蚕带来的原物一起，才能送走金蚕，这就叫'嫁金蚕'。只有这样，金蚕才肯离去。现在你将金蚕放在原物之中，就想送走它，那只是你一厢情愿，是万万送不走的，金蚕永远会死乞白赖地跟着你。而今你是个穷光蛋，怎么拿得出比原先多好几倍的白金酒器来呢？唉，我真为你担忧呵！"

邹阆仰天长叹一声，伤心地说："我一辈子都在告诫自己，要清清白白做人，千万不做亏心事。想不到只是一念之差，今天竟会遇上这么一件不幸的事！"

告别了朋友，邹阆忧心忡忡地回到家里，把朋友跟他讲的这番话都告诉了妻子，又说："好不容易有了这么一个发财的机会，想想真舍不得。但是，为了让自己发财而损人利己，这种事我邹阆是永远不会去干的。时至今日，别无他法，我只有一死了之，你们好好为我料理后事吧。"说罢，他一把抓住金蚕，扔进了自己的嘴里，"咕嘟"一声，吞了进去。妻子见此情景，悲痛万分，以为他这次一定要死了。

谁知道这一吃反倒好了，几天过去，邹阆一点也没有什么痛苦，吃饭喝水，一切照常。过了几个月，也没生什么毛病。那条让人头痛又让人心动的金蚕，从此消失了。

【故事来源】

据宋朝毕仲询《幕府燕闲录》译写。

夫妻换鞋

南宋末年,天下大乱,正是改朝换代的年月。有个读书人,名叫程鹏举,被元兵抓了去,卖给一个姓张的将领当家奴。姓张的将领官职为"万户",所以大家都叫他张万户。部队驻扎在陕南兴元版桥这个地方,张万户见程鹏举是个读书人,很赏识他,就把家中一个女奴许配给他做妻子。

那个女奴原是宋朝一个官宦人家的女子,兵荒马乱之际被抓到北方,被迫卖身为奴,心里也一直想着老家。结婚才三天,她见四下无人,就悄悄地对程鹏举说:"官人,我看你才貌举止不像个粗人,将来说不定能大有作为呢,你为啥不想办法逃回南方去,窝窝囊囊地待在这儿做啥?"

程鹏举一听,不觉大吃一惊,心想:"这里是元朝的天下,四下全是元兵,能逃吗?万一让主人发现,当场抓回来,不打死才怪呢!这可不能开玩笑的呀。"他朝妻子看了又看,心里又想:"俗话说,画龙画虎难画骨,知人知面不知心,她到底心里在想什么,我可猜不透。说起来,她也是张万户的家奴,在这儿有好多年了,跟主人的关系比我还密切呢。唉,天下之大,无奇不有,说不定还是那张万户特地派来试探我的呢。对,我可不能糊里糊涂地上这个当。"

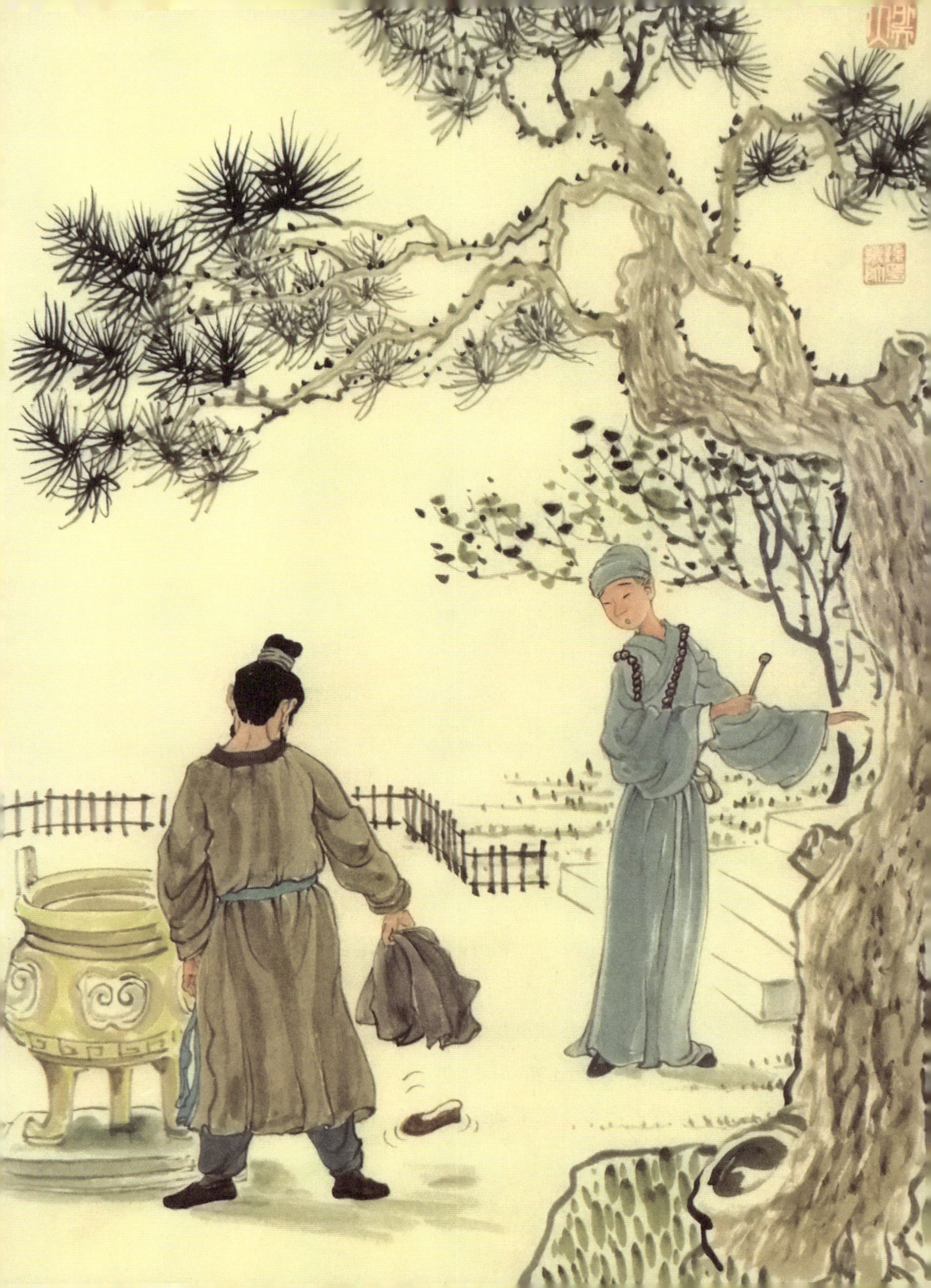

于是，第二天一早，程鹏举就把这事一五一十向张万户做了报告。张万户一听，顿时火冒三丈，喊来程鹏举的妻子，劈头盖脸地就是对她一顿毒打。

谁知道过了三天，看看四下无人，程鹏举的妻子又眼泪汪汪地劝说起来："官人，你这样不相信我，到头来是苦了你自己呀。今天我还是那句老话，你快点逃走吧，早一天好一天，否则，你就真的只好做一辈子家奴了，多可惜！"

程鹏举真是读书读糊涂了，竟还是不相信她，还以为这是张万户和她串通起来演的"苦肉计"呢，又把这事全告诉了张万户。

这下，张万户真的发火了，一气之下，把程鹏举的妻子赶了出去，转卖给了一户普通人家当家奴。

分别的时候，程鹏举的妻子依旧毫无怨言，只是拿出她自己穿的一只绣花鞋，跟程鹏举换了一只他平常穿的青布鞋，眼泪汪汪地对他说："官人，你还是要想办法逃回南方去呀。将来，我们就拿这两只鞋来相认吧。"

直到这时，程鹏举才大梦初醒，明白了她对自己的一片真心。想想自己真是枉为一个读书人，瞎了双眼，分不清青红皂白，非但错怪了她，还害苦了她，实在太不应该了。程鹏举想反悔，可哪里还来得及，只好眼睁睁地看着她被别人拉走，想哭不敢哭，想喊不敢喊，一颗心像刀绞一般疼痛不止。

妻子被卖走以后，程鹏举思绪万千，彻夜不眠，翻来覆去地回想她几次劝说自己时说的话，最后终于下定决心，咬一咬牙，逃出了张家。他又跋山涉水，历尽千辛万苦，终于回到了南方。那一年，他才十八岁，然后在宋朝做了官。

元朝统一了南北以后，程鹏举到陕西行省当了个参知政事。

距离当年与妻子离别,已经三十多年了。他一直思念着妻子,铭心刻骨地记着她的一片真心,所以始终没有再娶,总希望有朝一日能够破镜重圆。过去是南北阻隔,千山万水,要找人比登天还难。如今他到陕西,这颗心又热了起来,就派了自己的亲信,带着那只绣花鞋,到兴元一带去寻访他的妻子。

他的手下到了兴元,先找到当初买他妻子做家奴的那户人家。那家户主说:"三十多年前,倒是有个张万户,把他家的一个女奴转卖给了我。这个女子到了我家之后,干活很是勤快,就是有个怪脾气,每天夜里睡觉从来不脱衣裳。夜里纺纱织布,常常一坐就坐到了天亮,平常从来不跟人家说笑,别人也甭想碰她半根手指头。我的老婆可怜她,一直把她当作自己的亲生女儿一样看待。半年之后,她把平日里织下的布匹拿来给我,说是抵她的卖身钱,求我放她去做尼姑。我老婆看她可怜,索性又拿出点银子来送给她,送她进了城南的一个尼姑庵。恐怕她至今还住在那里呢。"

好了,既然有了线索,还怕找不到?程鹏举的手下又赶到城南,一打听,果然有个尼姑庵。他进去烧香,借口要晒晒衣服,故意把那只绣花鞋当着尼姑的面跌落地上。

尼姑见了,大吃一惊,开口就问:"请问施主,你这只绣花鞋从何而来?"

那人说:"这鞋是我家主人程鹏举大人的,他派我带这只绣花鞋作为信物,到兴元来寻找他的夫人。"

尼姑颤巍巍走进里间,不一会儿就哆哆嗦嗦地拿出另外一只绣花鞋来,跟这一只一比配,正好是一双。程鹏举的手下一看,什么都明白了,当场"扑通"跪下,要请夫人立即回府。

谁知道尼姑眼圈一红，幽幽地说："好哇，鞋子配上了，我三十多年的心愿也总算了结啦。你回去见到程大人和他的夫人后，请代我致意就是啦。"

说罢，她口念佛号，转身回到自己房中，把门关上，再也不肯出来了。

那手下人知道自己劝不动她，就飞马赶回长安，向程鹏举作了禀报。程鹏举感动万分，哽咽不已，一面派人带他的亲笔文书通报兴元的长官，请他出面，预备隆重的礼节迎接自己的妻子还俗；一面又委托自己的亲信，带了自己的亲笔信赶到兴元去接妻子。信中再三说明，他自己为了等她，三十多年一直没有再娶。

就这样，这对分离了三十多年的患难夫妻终于又破镜重圆了。

【故事来源】

据明朝陶宗仪《南村辍耕录》卷四译写。

桂迁梦悔

　　元朝大德年间，苏州有个叫施济的，家里有钱，又乐善好施，只是年过四十还没有儿子。

　　这天，他到读书台游览，忽然听得有人在长吁短叹，过去一看，是自己小时候的同窗好友桂迁，就和他攀谈了起来。起初，桂迁不肯多说，禁不住施济好意相劝，才说出了心中的苦恼。原来他父母早已去世，留下几亩地，本来也可以耕种糊口的，可是他听信了别人的花言巧语，说是做生意比种田赚钱，就把自己的田地全押给了李平章，借来二十两银子去做生意。谁知道货船在半路上翻掉了，财物丢了个精光，只剩他空身一人逃了回来。现在李平章又来逼债，想想这几亩薄田肯定抵不了债，就只好把妻子和两个孩子全拿来抵了，你说这有多惨！

　　施济听完这番话，很是同情，对他说："我跟你虽非深交，但是我们对妻子和儿女的感情却都是一样的。想我至今还没有儿子，怎么忍心让你把自己的亲生儿子送给别人呢？我家比你富裕，拿一点帮你渡过难关，不过是举手之劳，你难道不相信我吗？"

　　桂迁听到这里，真是喜出望外，连忙跪下来向他磕头，连声说:"真是太感激你了。有朝一日我时来运转,一定想办法如数偿还;万一我这辈子还不起,下辈子做牛做马,也要报答你的。"

第二天,施济果然借给他一笔银子,也没有立借据。桂迁千恩万谢地走了。又过了几天,施济路过桂家,想进去看看,却见他们一家大小还在那里哭哭啼啼,一问,说是妻子和儿女固然保住了,但是这田地和房屋全归了李家,马上就要流落他乡了。这可如何是好?施济又发了善心,说:"送佛送到西。这样吧,我在前村有十亩地,外加十棵桑树、枣树,你们就搬到那儿去住吧。靠耕种田地,日子总过得下去。"桂迁感动得不知说什么好,说要把小儿子送给施济做用人。施济连连摆手,表示坚决不要。第三天,施济就带着桂迁全家到那里,把地和树全借给他使用。

一天,桂迁看见一只白鼠钻进屋里,便追进去找,却再也找不到了。他怀疑地下有宝贝,就和妻子两人偷偷地挖,一挖,果然挖出一甏(bèng)*金子来。(唐代以后,白鼠渐渐被认为是金银精灵,成为财宝的象征。)

甏
瓮之类的器皿。

桂迁想去送给施家,却被妻子拦住了:"这本是施家的地,你怎么知道这一定就是施家自己埋的呢?如果不是,万一他认为这就是他自己的东西,你就是全给了他,他也不会谢你的。弄不好还以为你藏起了一半,你怎么说得清呢?倒不如闷声不响,把这些金子转到外地去买地造屋,想办法发家致富,将来再报答施家,不也还来得及吗?"

被妻子这么一说,桂迁顿时昧了良心,偷偷托自己的老朋友到会稽一带买进了一大批田产。每年,他都赶到那里去收一次租;对别人则说,他是去求人家办点事了。一回到苏州,他又穿得破破烂烂的,装穷。

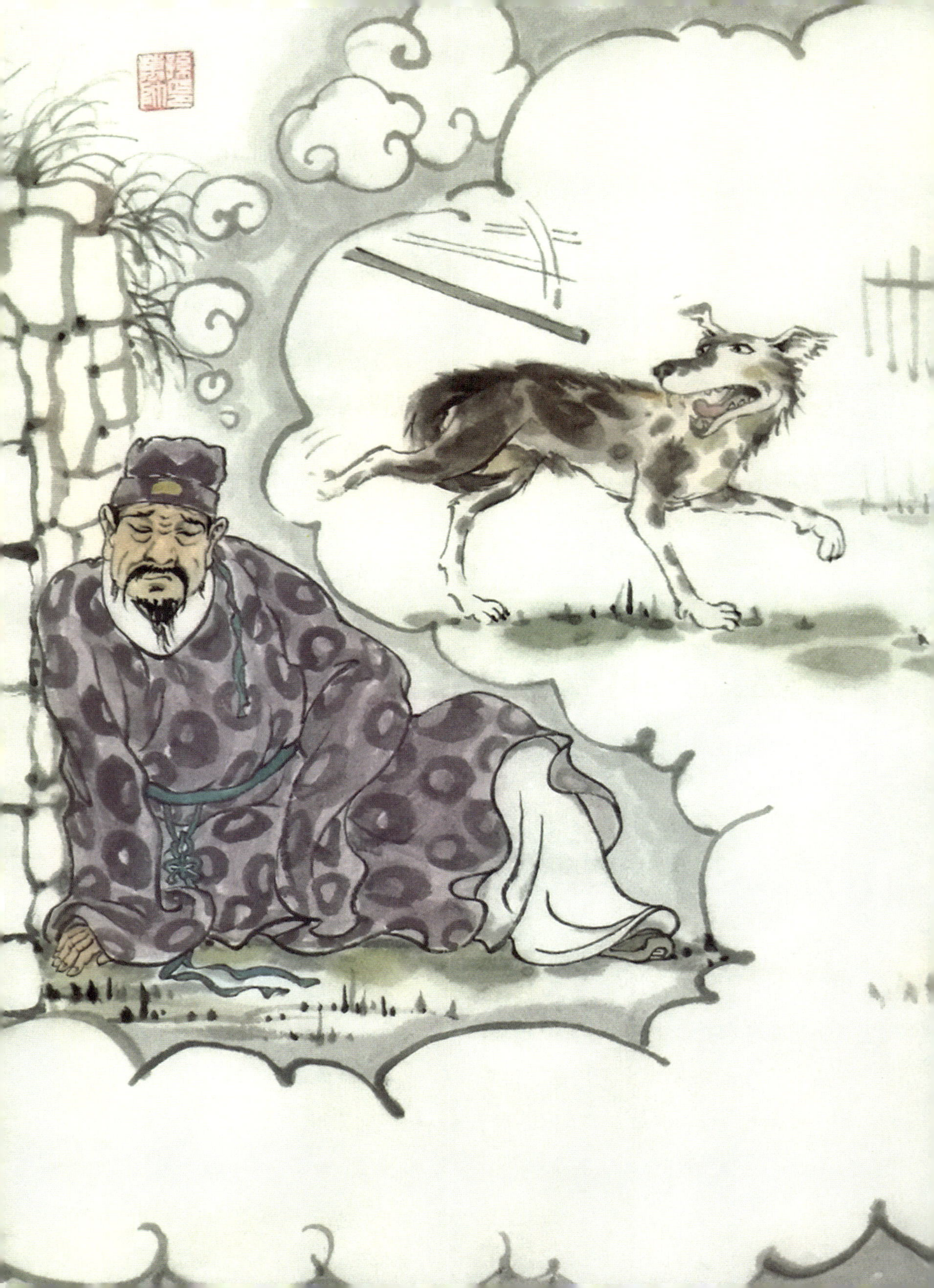

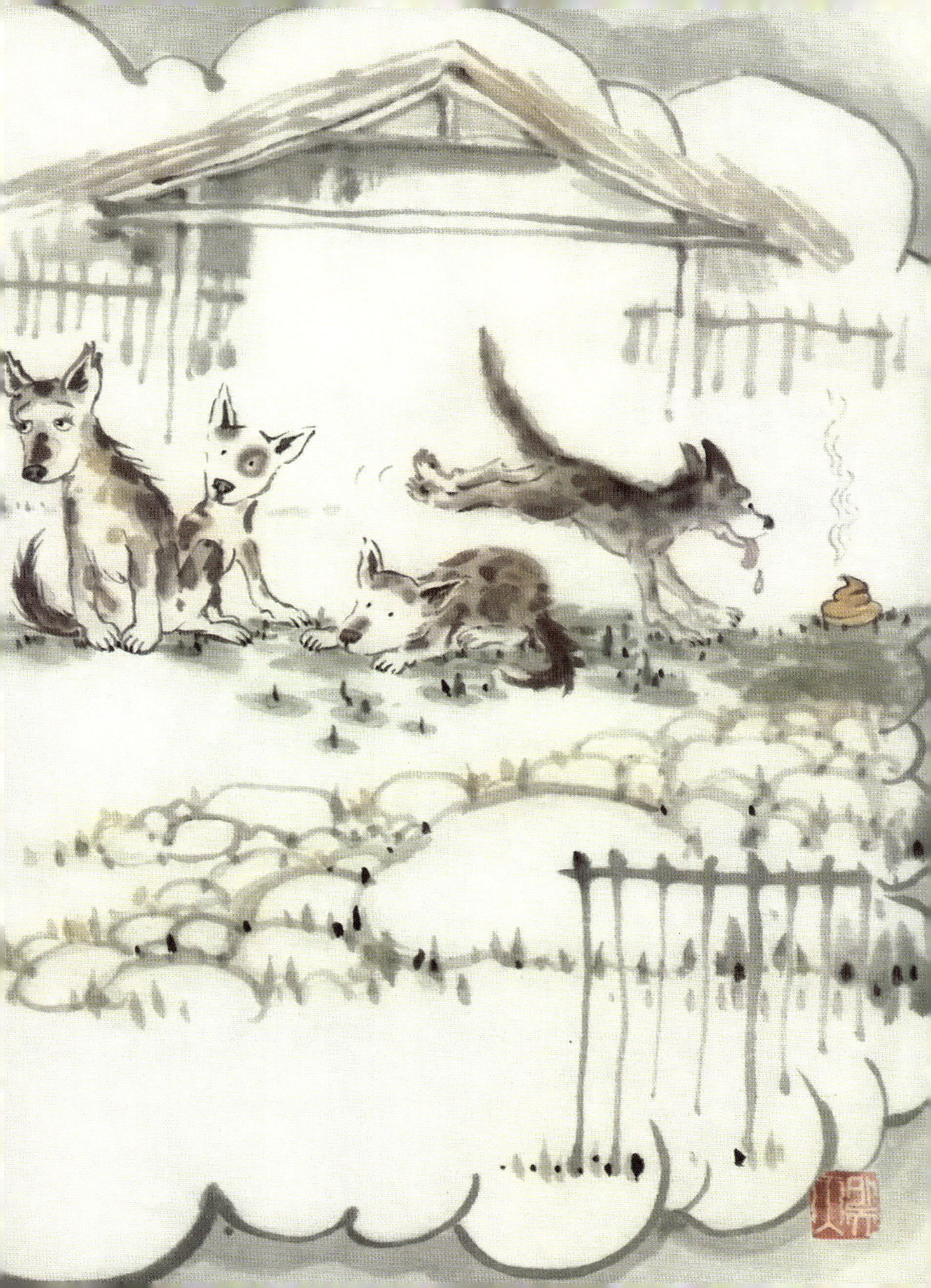

一晃，十年过去了。施济不幸生病死了，留下的儿子才三岁。桂迁好不高兴，却假惺惺地到施家去吊唁，一边哭一边说："先生的大恩大德还没来得及报答，你就撒手走了，我实在太难为情。我不能再占据你的田产和房子了，从今天起，我要搬走，宁可挨饿受冻也要搬。"施济的老婆不知道他葫芦里卖的什么药，担心他受苦，就再三挽留他。他哪里肯听，挤出几滴眼泪之后，就把家搬到会稽去了。

俗话说，三十年河东，三十年河西。桂迁一到会稽，很快发了起来，成了当地有名的财主。施家呢，却大不一样。施济生前挥金如土，积蓄本来就不多，他一死，留下了孤儿寡母，日子越发难过。又过了十几年，施家的家底就全部空了，竟到了"寅吃卯粮"的地步。施母跟儿子商量："听说桂先生在会稽，很有钱，我们何不去求求他呢？说不定他能报答我们一笔钱财。退一万步说，他总该把以前借的银子还给我们吧。"于是，母子俩雇船到了会稽。施母住在旅店里，让儿子去报个讯。

到桂家一看，桂家果然今非昔比。墙门造得煞是气派，里面奴仆成群，完全是大户人家的派头。等了老半天，桂迁才装模作样地出来，明知他是施济的儿子，却假装不认识。施济的儿子一五一十地说了施家这几年败落的情况，又说老娘也来了，还在旅店里等着呢。桂迁却假装没听见，让他到西厢去吃了一餐饭，只字不提钱的事。施济的儿子忍不住了，稍稍透了点口风。桂迁当即变了脸色，不高兴地说："我怎么会不知道你的来意呢？如今我是有能力办到的。你也不必多说了，让别人听见了多难堪！"施济的儿子不敢反驳，只好连连点头，知趣地走了。

施母原先还以为桂迁会来接她的，如今听儿子这么一说，忍不住大哭起来。她一边哭,一边数落:"桂迁,你忘了在我家十亩地上住了十几年工夫的事啦?"儿子连忙劝她,说还是先看看再说,谅他桂迁也不敢如此忘恩负义。施母这才慢慢平静下来。

过了几天,施济的儿子又去找桂迁,从大清早一直等到中午,桂迁就是不露面。他终于忍耐不住,捋起袖子就直往里面闯,一边高声嚷着:"我又不是讨饭的,我是来讨债的,凭什么这样怠慢我?!"正在吵闹时,桂迁的大儿子从外面进来,就来劝他,说道:"昨天家父说起过你的来意,我们正在想办法,你何必发脾气呢。十几年都等过来了,还等不及这几天吗?别急,明天一定还债。"这么一说,施济的儿子满脸通红,无话可说,只好又回去了。

第二天,施济的儿子再去,东等西等,又折腾了老半天,总算看见桂迁出门,骑着一匹高头大马,理也不理他,只是吩咐一个随从,扔给他两锭银子。施济的儿子吃了一惊,心想:这是当初债务的十分之一,这算什么话啊?他想追上去问个明白,桂迁却骑马早已跑远了。他的随从又回来教训了他一顿:"你也太不识相了,谁叫你昨天发脾气的?我家老爷本来还想多给你一点的,现在不肯了。只是念你年纪还轻,又路远迢迢地赶来,这才把原先的债务还清了。还站着干什么?快走吧!"

施济的儿子走投无路,只好去求看门人,想见桂迁的妻子。桂迁的妻子只是派人出来说:"当初你父亲帮助别人是不求回报的,想不到你这个儿子倒来讨债了。你要是觉得债务有出入,去把当初的借据拿来,就是欠你家一百锭银子,我们也会如数还清的。"

事情到了这个份儿上,还有什么话好说?明知当初没有借据,这不是存心赖账吗?施济的儿子只好回到旅店,对母亲如实转述。施母一气之下，生了病，回到苏州家中，不几天就含恨死去。这次到会稽讨来的钱，连来回路费和丧葬费都不够，你说惨不惨！

再说桂迁，他的钱越来越多，烦恼也不算少。到了至元元年（1264年），苛捐杂税多如牛毛，桂迁也是叫苦连天。这时候，同乡有个姓刘的人来劝他，说是眼下时兴买官，只要拿出几千两银子买个官，就可不必交税了。这笔账，算算还是合适的。桂迁动了心，带着三千两银子和姓刘的一起到京城去买官。姓刘的拿了银子去活动，把桂迁留在客栈里。不到一个月，姓刘的又来说，三千两还不够，要五千两才行。桂迁刚刚有点为难，姓刘的掉头就走。桂迁没办法，只好再去借了两千两银子，给姓刘的一千，自己留一半。又过了一个月，有人来对他说："姓刘的已经当上禁军指挥使了。"桂迁有些不相信，过去一看，果然是真的。两个士兵过来，硬把他拉到姓刘的跟前。姓刘的端坐在上面，装模作样地说："以前你借给我钱，我是记在心上的。如今我刚上任，还要用钱，你把那一千两也拿来吧，将来我一起还给你。"两个士兵也不容桂迁分辩，就把他架到客栈，硬是把那一千两银子也取走了。

桂迁是鸭吃砻(lóng)糠*——空欢喜，哪里还有脸回家乡？一咬牙，买了一把匕首，准备伺机杀死那个姓刘的。半夜里，见窗外月色朦胧，他以为天快要亮了，就一个人跑出客栈；到街上一看，才刚刚过三更。街上一个人也没有，他只好靠在路边的墙上休息一下。

这一靠，桂迁不知不觉闭上了眼睛，做了一个奇怪的梦。只见他爬进一间屋子，一个老头坐在那里，正是施济。他赶紧上前

砻糠
稻谷的外壳，形似稻谷，却没有里面的稻米。鸭以为这是稻米，其实吃的是空壳，所以有此歇后语"鸭吃砻糠——空欢喜"。

道歉,说:"那次令郎来,我是怕他背不动那么多的钱,才没给他。我只是想另外找个机会报答你,你千万别误会。"谁知施济大声呵斥:"你找死呀!怎么对主人乱叫起来?"这时,他又看见施济的儿子走出来,连忙叼起他的衣角,笑着说:"上次你到寒舍,怠慢了你,请不要见怪。"施济的儿子却踢了他一脚,骂道:"你不要命啦!为啥咬你的主人?"桂迁不敢抬头,走进厨房,见施母在盛汤,他连忙蹲下去磕头,却又挨了一棍子。

桂迁弄不懂,于是逃到后院,只见他的妻子、两个儿子和一个小女儿,都在那里。再一细看,可不得了,他们全都变成狗了。桂迁再回过头看看自己,也变成了狗。他们相互埋怨,可后悔已经来不及了,只好抱头痛哭。桂迁饿得不得了,看见池塘边有个孩子在大便,他明知这是脏的,可是看见老婆和孩子们都在抢着吃,也忍不住流出了口水。又过了一会儿,听得主人在说要杀他的大儿子煮了吃,他不由得大吃一惊。

这一惊,把他惊醒了,才知道这是一场梦。

不过这个梦提醒了他,原来坑害别人和被别人坑害是一样的道理。他当场把匕首扔进了河里,急忙赶回苏州。到了苏州,寻到施济的儿子。这时,施济的儿子已经二十七岁了。桂迁向他忏悔了自己的过错,为他体面地安葬了父母,又把他接到会稽,将自己的女儿嫁给了他。

不久,那个姓刘的因为贪赃枉法,被撤职查办。那年,桂迁带着儿子和女婿进京办事,正好遇见姓刘的被押赴刑场。姓刘的看见桂迁,悔恨交加,趴在地上说:"从前我对不起先生,今天是报应啊!"桂迁看见姓刘的这副模样,想起了自己在梦中变成狗的情景,觉得跟他没什么两样,不由得又是一阵钻心痛,便当场拿出几十贯钱来送给他。姓刘的又跪下去说:"等我下辈子做牛做马来报答你的大恩吧。"

从此,桂迁彻底悔悟。回到会稽之后,他把财产分成三份,分给了两个儿子和女婿。

【故事来源】

据明朝邵景詹《觅灯因话》卷一《桂迁梦感录》译写。这个故事后来被冯梦龙改写成话本,收入《警世通言》第二十五卷,回目名是《桂员外途穷忏悔》。

书生与绿衣人

元仁宗延祐年间，天水人赵源到杭州来读书，在西湖葛岭一带租了一间房子住下来。南宋末年权臣贾似道的旧居就在他租的那房子附近。

这个赵源，从小死了父母，家境贫寒。他发奋读书，如今已一表人才，长得也眉清目秀。这天黄昏，他一个人觉得无聊，放下书本，到门外散步。走着走着，看见一位漂亮的女子从东面走来，穿着一身绿衣裳，头上梳一对环形发髻，大约十五六岁，虽然没有盛妆浓饰，却光彩照人。赵源见了，眼睛顿时一亮，朝她看了好一会儿，还舍不得把目光移开。第二天傍晚出门，又看见了她。一连好几天，天天如此。有一天，赵源上前跟她搭讪起来，笑着问："这位姑娘，你家住在哪里？怎么我每天傍晚都会遇见你呢？"

姑娘嫣然一笑："我跟你是邻居，只是你自己不知道罢了。"

这么一说，两个人都打开了话匣子，有话没话的，越说越亲热。赵源邀姑娘到自己屋里去玩，姑娘一口答应。当天夜里，她就在赵源的屋里过了夜。两个人山盟海誓，有说不完的知心话。第二天天一亮，姑娘就走了。到了晚上，却又来了。

就这样，他们亲亲热热地生活了一个多月。赵源问她叫什么名字，住在哪里，她却笑笑说："你有了个漂亮的妻子还不称心吗？何必一定要打破砂锅问到底呢！"赵源还是想问问明白，姑娘却说："我总是喜欢穿绿颜色的衣裳，你就叫我绿衣人吧。"赵源心想："或许她是哪个大户人家的姬妾，夜里溜出来幽会，担心事情张扬了出去，才不肯说出自己的住处。"所以，后来他就不再追问了，可是对她的爱恋却一天深似一天。

一天夜里，赵源喝醉了酒，跟姑娘开玩笑，指着她的衣裳摇头晃脑地说："这身衣裳，真可以说是'绿兮衣兮，绿衣黄裳'了。"意思是这是奴婢的装束。姑娘听了，顿时红了脸，之后一连好几个晚上都没到赵源那里去。

几天以后，姑娘又来了。赵源拉着她的手问，前几天为啥不来。姑娘这才对他说了实话："我原想陪着你白头偕老，想不到你把我当作奴婢，我很是伤心，所以一连几天都没来。既然你已经知道了我的身份，我也就不再隐瞒你了。你知道吗？我跟你前世就已经认识了。要不是我俩前世相爱得这么深，也不会落到这个地步！"

赵源一听，呆若木鸡。这是什么话？怎么会是前世就相爱了呢？一定要她说个明白。

姑娘泪流满面，哽咽着说："我原先也是临安府一个清白人家的女儿，只因从小喜欢下棋，十五岁那年被作为棋童送进宰相贾似道的府里。贾似道每次从朝廷回来，坐在半闲堂休息时，总会召我进去，陪他下棋，所以他很宠爱我。"

"哦，还有这么一回事。那么，我又是谁呢？"赵源越发惊奇起来。

"那时候，你是贾府里的苍头，专门负责替主人煎茶，因为经常要为主人送茶添水,所以有机会进入后堂。当时你年纪轻轻,人又长得英俊,我们两个人眉来眼去的,就偷偷相爱了。我那时绣了一个罗缎钱袋子丢给你,你也塞给我一只玳瑁的胭脂盒。我们之间虽说有了情意,但是内室和外堂一向不可轻易来往,幽会一次更是千难万难。后来,我们的事被一个仆人发觉了,被告发到了宰相那里。宰相大发雷霆,把我们两人活活打死在断桥之下。现在你已经转世做人,可我却还在鬼的花名册上。这一切,难道是命运安排的吗?"

说到这里,姑娘早已哭得跟泪人儿似的,赵源也忍不住在边上陪着流泪。过了好一阵子,赵源才感慨万千地说:"这么说起来,我俩是再世姻缘了。前世没能如愿以偿,今世我们更应该相亲相爱,弥补当年的遗憾。"

打这以后,姑娘就住在赵源的屋里,连白天也不走了。赵源原先是不大会下棋的,现在有绿衣人教他,棋艺大有长进。绿衣人把棋艺中最神妙的地方都传授给了赵源,后来连那些赫赫有名的棋手也都一个个败在了赵源的手下。

有时候闲着无事,说起贾似道的旧事,凡是她亲眼见过的,她都能说得绘声绘色。

有一次,贾似道装了几百艘船盐去卖,太学里有人作诗讽刺他:"昨夜江头涌碧波,满船都载相公醝(cuó)*。虽然要作调羹用,未必调羹用许多。"贾似道听说后,就派人把那个太学生抓了起来,以诽谤罪论处。

贾似道在浙西实行公田法,老百姓吃尽了苦头。有一个人在路边题了一首诗:"襄阳累岁困孤城,豢养湖山不出征。不识咽喉形势地,公田枉自害苍生。"这首诗讽刺贾似道只知道在西湖吃

> 醝 盐的别名。

喝玩乐，独断专行，襄阳被元军围困了好几年，他却隐匿军情，不去救援；还要搞什么公田法，纯粹是坑害百姓。贾似道知道后，又想办法把那个题诗的人抓了起来，判他充军，发配到了边远的地方。

据说贾似道曾经施斋饭给一千个道人，人数已经足了，又来了一个，衣衫褴褛，蓬头垢脸，上门乞讨。主持人不让他进去，他就是赖着不肯走。主持人没办法，只好盛了饭让他在门口吃。那道人吃完斋饭，把饭钵翻过来放在桌上，转身就走了。别人去拿这只饭钵，就是拿不动，没办法，只好向贾似道禀告。贾似道过来了，伸手去拿，一下子就拿起来了，钵下还压着一张纸，上面写着两句诗："得好休时便好休，收花结子在漳州。"大家这才知道是神仙降临，再去寻人，人早已不见了踪影。至于诗句中"漳州"是什么意思，开始大家都不知道，后来贾似道在漳州木棉庵被杀，才解开了这个谜。

赵源听绿衣人讲了这么多故事，感触很深，对她说："那么我今天跟你重逢，也是命运安排的吗？"

绿衣人点点头："是这么回事。"

"你能留在世上多长时间呢？"

"气数到了，也就完了。"

"大概多长？"

"三年吧。"

赵源心中一咯噔，连连摇手，才三年时间，他怎么能相信呢？

谁知到了第三年，绿衣人果然生起病来了。赵源心急如焚，要为她请医生。她坚决不答应，含着眼泪说："我早就跟你说过了,这一天总是要到来的。我们的缘分已经到头了。"

说到这里,她用手紧紧地握住赵源的手臂,依依不舍地向他告别:"当初,因为我们的爱情,我们两人都蒙受了一场意外的灾难。然而纵使海枯石烂,哪怕地老天荒,我们之间的感情也不会磨灭!现在我们能继续前世的爱情,实现当年的誓约,在一起相亲相爱地过了三年,我很心满意足。从此以后,请不要再思念我了。"说完,她转身面朝墙壁,没有了声响。

赵源号啕大哭,开始为她操办丧事。将要入葬的时候,人们发觉她的棺材很轻很轻,忍不住打开棺材来看,里面只有几件旧衣服和被子。没办法,只好把空棺材埋葬了在北山脚下。

赵源被绿衣人对自己的痴情深深感动了,从此不再续弦。后来他到灵隐寺出家,做了和尚,一直到死。

【故事来源】

据明朝瞿佑《剪灯新话》卷四《绿衣人传》译写。

芙蓉屏

元朝至正年间，真州（今江苏仪征）人崔英要到浙江温州永嘉做官，于是，他带着妻子王氏一起走了。

路过圌(chuí)山*，船停在江边，他们买了纸钱和酒肉到庙里去祭祀，回到船上，夫妻俩就喝起酒来。船老大见他们用的酒器都是金银的，知道他们很有钱，就起了坏心思。半夜里把崔英扔进江中，把奴仆全杀了，只留下了王氏，说要留着她给自己的二儿子做媳妇。王氏一看这形势，知道自己一个弱女子是斗不过他们的，只好假装答应。那船老大以为她真的愿意做他儿媳妇，过了一段时间，混熟了，也就不再防范她了。

到了中秋节，船老大喝得酩酊大醉，睡着了。王氏一看，正是逃跑的好机会，就一个人偷偷地上了岸。走出二三里，却迷了路，到天快亮的时候，终于看见前面树林里有座房子，到那儿一看，原来是座尼姑庵。

老尼姑问她怎么会到这儿来的？她不敢吐露真情，就编了一段谎话，说是丈夫病死，公爹做主又把他嫁给一个人做小老婆，常常受大老婆虐待，实在受不了啦，这才逃出来的。老尼姑很同情她，劝她不如出家做尼姑，也好清净净过日子。王氏已走投无路，便一口答应，削发做了尼姑，取法号叫慧圆。

圌山
又名洗山、谁山、谯山、瞿山、仙鹤山，距江苏镇江市区30公里，是江南地区一座特征显著、地势险要的名山。自唐宋以来，圌山历来为兵家必争之地，更是扼守长江之险的天然关隘。

却说这王氏，原先就读书识字，聪明能干，如今做尼姑，自然不在话下，不到一个月，就熟悉了尼姑庵的一套规矩。老尼姑把她当成了得力助手，大小事情都跟她商量。王氏为人厚道，每天都在观音菩萨跟前跪拜祈祷，诉说自己的遭遇，拜完之后，便躲进自己的房间，不跟外人接触。

一年以后，有个人到庵里烧香，吃了餐斋饭，第二天又拿来一幅画着芙蓉的画轴，施舍给庵里。老尼姑蛮喜欢这画，便把它贴在屏风上。

一天，王氏路过那里，一见这画，知道是丈夫崔英画的，不觉心中一动，就问老尼姑，画是哪儿来的？老尼姑告诉她："画是一位叫顾阿秀的施主送的，他们兄弟俩都是船老大。听别人说，他们常常抢劫钱财，也不知是真是假？"王氏心中有数，估计那个顾阿秀就是当初杀害她丈夫的盗贼，便问他们是不是经常到庵里来。老尼姑说很少来的。王氏暗暗记住了这事，却一时之间想不出报仇的好办法，就提起笔在芙蓉屏上题了一首词。词中写道：

少日风流张敞笔，写生不数黄筌。芙蓉画出最鲜妍。岂知娇艳色，翻抱死生缘！

粉绘凄凉余幻质，只今流落谁怜！素屏寂寞伴枯禅。今生缘已断，愿结再生缘。

这是一首《临江仙》词，王氏在词里表达了她对死去丈夫的追忆，也诉说了她如今的处境和对他的思恋之情。因为词意隐晦，别人又不了解她的经历，所以庵里的人看见了，都说看不懂。

有一天，一个叫郭庆春的人到庵里来，见了这个芙蓉屏，觉得画和题词都好，就向老尼姑买了下来，带回家观赏。那时候，御史大夫高纳麟退职后回老家苏州，到处收集书画，郭庆春就把芙蓉屏拿去送给了他。高纳麟蛮喜欢，也不细问来历，就把芙蓉屏放在家里。

又过了几天，有个人拿了四幅草书来卖，高纳麟一看，这是怀素的风格，字迹清奇，非比寻常，就问是谁写的？卖字的说是自己写的。高纳麟再一端详，这卖字的人一表人才，不像是个靠卖字为生的普通人，一追问，才知道他就是崔英。原来当初船老大谋财害命，把他扔进江中，幸好他从小识水性，没被淹死。后来，他爬上了岸，身无分文，有户人家给了他换洗衣服，又留他吃饭，并劝他去报案。他到苏州报了案，可听候处理快一年了，仍然毫无消息，只好卖字糊口，想不到在这儿遇上了高老先生。高老先生听了崔英这一番诉说，很是同情，就把他留在家中做塾师，一边教他的孙子们读书，一边让他等候破案。

那一天，高纳麟请崔英吃饭，崔英看着墙边那个芙蓉屏，忍不住簌簌地流泪。高纳麟问他是什么缘故？他含泪说出了缘由：原来这芙蓉是他画的，原先是个轴子，没有题词，出事的时候连同珠宝财物全被船老大抢去了。奇怪的是，现在画上又多了一首词，明明是妻子王氏的笔迹。从词的意思推测，王氏以为崔英死了，她现在活得很苦，正在苦苦地思念着丈夫，盼着来世再做夫妻。你说，看到这样一幅画，崔英能不掉眼泪吗？崔英把事情的前前后后说完后，高纳麟心中有了底，对他说："你别急，我会想办法把事情弄清楚，帮你抓住强盗的。你先不要走漏了风声。"

于是，高纳麟先去问郭庆春，芙蓉屏是哪儿来的。一听说是从尼姑庵里买的，又托他去问老尼姑，画轴从哪儿来的，题词是谁写的。过了几天，终于都问清楚了：画是顾阿秀施舍的，题词是庵里尼姑慧圆写的。

高纳麟仔细一想："这顾阿秀是个船老大，漂泊江湖，不可轻举妄动，打草惊蛇，还是先把慧圆找来问问清楚吧。"他派人到尼姑庵，对老尼姑说高老夫人要找个伴儿，陪着一起念经，听说慧圆师父修行很深，想拜她为师。意思是说，要接慧圆到高府去。王氏一听，觉得是个报仇雪恨的好机会，就极力请求老尼姑。老尼姑不好意思阻拦，便放她去了。

到了高府，高老夫人和王氏一起念经，很是投机，空下来的时候闲聊，王氏把自己的遭遇一五一十都说了出来，还说芙蓉屏上的题词是她写的。这样一来，高纳麟心里就更有了底，嘱咐老夫人好好照应王氏，却不跟崔英说明真相，想等抓到盗贼之后再说。

高纳麟又派人去调查顾阿秀。正好那时有个监察御史薛理到苏州巡视。这个薛理是高纳麟当年的部下，一向办事干练。高纳麟就把芙蓉屏的事告诉了他，他果然干净利落地把顾阿秀抓了起来。一搜查，崔英当年要到永嘉去做官的委任状和家财都还在，就是不见了王氏的下落。据顾阿秀交代，王氏是中秋夜逃掉的。于是，薛理把顾阿秀处死，把财物如数还给了崔英。

崔英拿到委任状后，真是悲喜交加：悲的是妻子王氏下落不明，喜的是自己又可以到永嘉去做官了。再说这案子拖了好长时间，再不去上任就不好交代了，所以决定先去上任。

崔英向高纳麟告别，高纳麟笑呵呵地说："别急别急，等我替先生做个媒，你娶了亲再去也不迟嘛。"

崔英眼泪汪汪地说："我和王氏相依为命，已经许多年了，如今她不幸流落在外，不知是死是活，我怎么忍心再娶呢？还是一个人先去永嘉的好。说不定老天爷可怜我，我们夫妻还有破镜重圆的那一天。你的大恩大德，我至死不忘，只是这再娶的事，万难从命。"

高纳麟刚才也只是试探下他的心思，一听他这么坚决，也很感动，就对他说："对对对，老天爷一定会保佑你的。这样吧，明天我为你饯行。"

第二天，高纳麟设宴饯行，苏州城里的大小官员和知名人士差不多都来了。酒过三巡，高纳麟兴致勃勃地站起身来，高声对大家说："今天我要为崔大人了结今生的姻缘。"说罢，让人从后院请出慧圆来。

这时的慧圆早已听从高老夫人的劝说，蓄发还俗了。崔英上前一看，正是自己失散了快两年的妻子王氏！于是，高老先生把事情的经过又详详细细说了一遍，并且拿出芙蓉屏来，让客人们观看。大家读了王氏题在芙蓉屏上的词，才恍然大悟，原来高老先生所说的了结今生姻缘，正是应了芙蓉屏上题词的意思。在座的客人们一个个都落下了感动的泪水，异口同声地称赞高纳麟真是个古道热肠的大好人。

【故事来源】

据明朝李祯《剪灯余话》卷四译写。后来，凌濛初《初刻拍案惊奇》卷二十七《顾阿秀喜舍檀那物　崔俊臣巧会芙蓉屏》就是据此改写而成。

水井化酒泉

湖南常德府城外十五里地，有个地方叫河洑(fú)。那里有个崔婆婆，心地善良，在路边上摆了个茶水摊，过往行人路过，都喜欢到她那儿去歇歇脚，喝口茶。路人临走的时候，会留下几枚铜钱，不论多少，她总是笑呵呵地说声："谢谢！"如果和尚、道士路过，到她的茶水摊喝茶，她从来不收他们的钱。

有个老道士，衣衫褴褛，十分落魄，从崔婆婆的茶水摊前路过，少说也有几十次了。每次路过，都是一屁股坐下来，第一件事就是喝茶。崔婆婆见了他，总是笑脸相迎，拿出最好的茶叶，为他沏茶，招待得十分周到。那个道士来来往往总共喝了几十壶茶了，可每次总是喝完茶，一抹嘴巴，起身就走了，从来也没有摸出一枚铜板来。坐在边上的老茶客看到这种情景，便对崔婆婆说："这个道士没道理，喝了你的茶连谢也不谢一声。下次来了不要给他沏茶。"

崔婆婆却总是笑呵呵地说："为人在世，总是要积点德的，是不是？看这个道士可怜巴巴的样子，就不要去逼他了，权当我做好事，送给他喝吧。"

有一天，道士喝完了茶，抹一抹嘴巴，不走了，乐呵呵地对崔婆婆说："一趟一趟的，我喝了你这么多茶，手头也没钱来偿还了。但我想报答你，让你从今往后改卖酒，好不好？"

崔婆婆想："卖酒比卖茶的赚头大，自然是好的，可是本钱哪里来？说来说去还不是要钱嘛。"

道士知道她的心事，还是笑眯眯地说："你担心没本钱是不是？不要紧，不要紧。我让你做没本钱的生意。"

"没本钱的生意怎么做？"

"我有办法。来来来，我先给你掘一口井。"

崔婆婆心想："没本钱生意是做不来的，不过能掘口井总是好的，用水方便点，卖茶也用得着。"于是，就一口答应了。

那道士的本领真是大，他跟着崔婆婆来到屋后的空地上，用手里的拐杖朝地下拄了两下，一口深井就拄出来了。朝井里一看，嗬！好家伙，清冽冽的泉水满满的。

老道士捋捋胡须，对崔婆婆说："这是一口酒井，跟别人家的水井不同。井里涌上来的泉水是上等好酒。我把这口井送给你，作为对你的报答吧。"说罢，便乐呵呵地走了。

崔婆婆高兴呵！从此以后，她果然可以做没本钱的生意了。以前她卖茶，总还得买些茶叶，买些柴火，才能烧水沏茶，多少要准备点本钱的。现在可好了，只要到井里去舀上井水，上来就是香喷喷的好酒。买酒的人一尝，都说酒味极醇，比随便什么名酒都好。

消息一传开，方圆百里的乡亲们都赶过来向崔婆婆买酒。买酒的客人一天到晚，络绎不绝，真是连门槛都要踏破了。而那口神奇的酒井却从来也没有干涸。今天舀得差不多了，第二天去一看，哈哈，又是满满的一井啊。有些人眼红，在半夜去偷偷地汲井泉。说来也怪，他们汲上来的都是普普通通的井泉，一丁点儿酒香都没有。

这样一来，崔婆婆可发大财了。三年一过，她赚进好几万钱财。房子拆了造，造了拆，后来又造起了一幢十分气派的酒楼，楼上高高地伸出去一面酒旗，上面写着"天下第一酒"五个大字，好不气派！常德府一带，提起崔婆婆的"天下第一酒"，谁人不知，哪个不晓！

一天，那个老道士又嘻嘻哈哈地来了。

崔婆婆一见，大恩人来了，好不高兴，连忙拉他进了酒楼，一边搬出好酒好菜招待他，一边千恩万谢。

老道士问她："这酒好不好啊？"

"好，好！"

"如今该心满意足了吧？"

"什么，心满意足？"这触动了崔婆婆的一桩心事。她不由得皱了皱眉头，叹一口气说："好倒是好，就是我的猪没有酒糟吃，心里总有些不是滋味。"

道士一听，哈哈大笑，提起笔在墙壁上题了一首诗：

天高不算高，
人心第一高。
井水当酒卖，
还道猪无糟！

题完了诗，又来到屋后的酒井跟前，用他那根拐杖再朝那井上拄了两下，头也不回地走了。从此，崔婆婆那口酒井里再也汲不上酒来了。

【故事来源】

　　这个故事最早记载在元朝佚名《湖海新闻夷坚续志》后集卷一《神仙门·遇仙》，后来在明朝江盈科《雪涛小说》中又有了发展，多出了后面道士题的那四句诗。本文根据这两种典籍综合译写。

张羽煮海

东海龙王的三女儿琼莲,过不惯龙宫里单调沉闷的生活,就带着丫鬟翠莲偷偷浮出海面,来到人间游玩。她们走着走着,忽听得远处寺庙里传来一阵阵悦耳动听的琴声,就忍不住到那里去偷听。

弹琴的,是个年轻书生,潮州人氏,名叫张羽。他带了书童到东海边游玩,见石佛寺十分清静,正是读书的好地方,就向长老借了一间房子住下。这天夜里,张羽在房里焚香弹琴,兴致正浓,忽然"啪"的一声,琴弦断了。张羽心中一个咯噔,自言自语地说:"大概是有懂琴的人在外面偷听吧?"

正在窗外偷听的龙女琼莲越发惊奇起来,忍不住说道:"咦,你怎么知道有人在偷听呢?"

张羽闻声,推出窗去,果然看见窗外站着一个亭亭玉立的少女。两个人你看着我,我看着你,彼此都有了爱慕之情。张羽索性请龙女到他房里坐坐,为她弹奏了好几首优美动听的琴曲。那琴声缠绵悱恻,诉说着想与美女共结良缘、比翼齐飞的心声。琼莲听得如醉如痴,不知不觉中,深深地爱上了这个小伙子。两人互道衷肠,越说越投机,约定八月十五中秋节的时候,在海边相会。临走的时候,琼莲将一块用冰蚕丝编织成的鲛绡帕送给张羽，作为定情信物。

好不容易盼到了中秋节，张羽赶到海边，要去会见琼莲，可是他找遍了海滨，始终不见琼莲的倩影。他一边走，一边呼唤着琼莲的名字，从清晨叫到黄昏，又从晚上叫到天亮，却只听见海浪拍打岩石的声音。这声音一声声地撞在他的心头上，就是听不见琼莲的回音。

琼莲到哪里去了呢？原来东海龙王一向脾气暴躁，他早已有了打算，要把三女儿嫁给一个门当户对的龙子。现在听说女儿爱上了一个凡间书生，自然不肯答应，一发火，就把琼莲锁在西宫，再也不许她出龙宫半步。

张羽在海边寻找琼莲，声声凄切，最后终于筋疲力尽，倒在路边。这时候，过来一个仙女，见他这般忠于爱情，不觉被深深感动了。她当即拿出三件宝贝——一口银锅、一枚金钱和一把铁勺，借给了张羽，还把煮海的方法教给了他：如果将锅里的水煮干，那么大海也会干涸的，到那时还怕龙王不答应吗？张羽千恩万谢，向仙女磕了三个头，便直奔沙门岛去煮海了。

到了沙门岛，张羽找来三块石头，支起银锅，用铁勺将海水舀进银锅，然后把那枚金钱丢进锅里，再用干柴烧起火来。

这一烧，可不得了，只见锅里的海水上下翻滚着水泡，直冒蒸汽，而大海竟也像这开了锅的海水一样，波涛汹涌，上下翻腾，海面上顿时升腾起浓烈的大雾。这时候，龙王正在龙宫里饮酒，看见滚烫滚烫的海水汹涌澎湃地冲进龙宫，海水里还挟带着无数已被烫死的鱼虾龟鳖，吓得心惊肉跳。他正打算派虾兵蟹出去打探时，一名龟将军前来报告说："有个名叫张羽的年轻人正在海边煮海，一边煮，一边叫骂，非要龙王把三公主琼莲送出龙宫不可！"

于是，东海龙王带着大队虾兵蟹将，浩浩荡荡地赶到海边，对张羽说："只要你停止煮海，我甘愿把大海的一半分给你，包你有享不尽的荣华富贵，岂不比娶我的三女儿还要好上几百倍？"

谁知道张羽是个犟头颈，他说："我就是要跟琼莲成亲，别的条件一概不答应，哪怕金山银山放在眼前，我也不会心动的。"说罢，又一个劲儿地往银锅底下加柴禾。

龙王被逼得走投无路，只好去求石佛寺的法云长老，请他出来做和事佬。

法云长老来到海边，好话说了几大箩，张羽还是不肯让步，口口声声还是说要见三公主琼莲。法云长老见他决心已定，这才说东海龙王请他来做大媒，要招张羽做乘龙快婿，唯一的条件就是请他无论如何不要再煮海了。

张羽一听，不觉露出了胜利的微笑，但是他又留了一手，生怕龙王反悔，所以派自己的书童继续守候在海边，看守三件宝贝，万一有个三长两短，就让书童煽风点火，大闹龙宫。张羽把一切安排妥当后，才跟着法云长老到龙宫去见他的心上人。

法云长老用手一指，海水立即向两边分开，中间露出一条又宽又直的大路，张羽跟在法云长老的后面，稳稳当当地进了龙宫。

东海龙王在龙宫里摆开了盛大的婚宴，庆祝张羽和他的三女儿琼莲成婚。这一对有情人终成眷属，张羽煮海这个故事也从此流传开来。

【故事来源】

　　据元朝李好古杂剧《沙门岛张生煮海》译写。煮海使龙王屈服的情节，唐传奇中已多次出现，如唐朝张读《宣室志·陆颙(yóng)》、戴孚《广异记·宝珠》、裴铏《传奇·江叟煎珠》等。而人与龙女相爱的故事，也有《柳毅传书》。到了元朝，终于发展出了两者结合的这个故事。

图书在版编目（CIP）数据

顾爷爷讲中国民间故事.辽金宋元/顾希佳编写.—北京：北京联合出版公司，2020.5
ISBN 978-7-5596-4022-2

Ⅰ.①顾… Ⅱ.①顾… Ⅲ.①民间故事—作品集—中国—辽金时代 ②民间故事—作品集—中国—宋元时代 Ⅳ.①I277.3

中国版本图书馆CIP数据核字（2020）第034087号

顾爷爷讲中国民间故事
④
（辽金宋元）

编　　写：顾希佳
总 策 划：苏　元
责任编辑：牛炜征
策划编辑：鲁小彬
特约编辑：鲁小彬
插　　画：高西浪　孙万帅
封面设计：主语设计

北京联合出版公司出版
（北京市西城区德外大街83号楼9层 100088）
北京联合天畅发行公司发行
北京中科印刷有限公司印刷　新华书店经销
字数95千字　710mm×1000mm　1/16　8.75印张
2020年5月第1版　2020年5月第1次印刷
ISBN 978-7-5596-4022-2
定价：198.00元（全6册）

未经许可，不得以任何方式复制或抄袭本书部分或全部内容。
版权所有，侵权必究。
本书若有质量问题，请与本公司图书销售中心联系调换。
电话：(010)64258472-800

扫码收听
中国经典民间故事有声书